Jean de La Fontaine est né en 1621 à Château-Thierry, où son père est maître des Eaux et Forêts. Après des études marquées par l'influence janséniste, il monte à Paris (1645), où il étudie le droit et fréquente les milieux littéraires. Devenu avocat au Parlement, il traverse de graves difficultés financières et succède à son père dans les Eaux et Forêts en 1652. La chute du surintendant royal Nicolas Fouquet, qui l'avait pris sous sa protection, entraîne sa disgrâce et un « exil » momentané dans le Limousin. De retour à Paris, il entre au service de la duchesse-douairière d'Orléans (1664), menant alors une vie mondaine et littéraire brillante (*Contes*, 1665, *Fables Choisies mises en vers*, 1668). Auprès de Madame de la Sablière, il rencontre les grands auteurs de son temps. En 1675 ses *Nouveaux Contes*, jugés trop licencieux, sont interdits de publication ; cependant, il est élu à l'Académie française en 1683. La suite de ses *Fables* paraît en 1679, les dernières en 1693. Frappé par la maladie en 1692, il se convertit et consacre la fin de sa vie à la poésie religieuse. Il s'éteint à Paris en 1695.

FABLES

LIVRES I à VI

DANS LA COLLECTION « CLASSIQUES À PETIT PRIX »

BALZAC
— *Le Colonel Chabert*

BAUDELAIRE
— *Les Fleurs du mal*

BEAUMARCHAIS
— *Le Barbier de Séville*
— *Le Mariage de Figaro*

ANTHOLOGIE
— *Des troubadours à Apollinaire*

CORNEILLE
— *L'Illusion comique*
— *Le Cid*

DAUDET
— *Lettres de mon moulin*

DIDEROT
— *Supplément au Voyage de Bougainville*

FLAUBERT
— *Madame Bovary*
— *Trois Contes*

HUGO
— *Claude Gueux*
— *Le Dernier Jour d'un condamné*
— *Ruy Blas*

LA BRUYÈRE
— *De la cour, Des grands* suivis de *Du souverain ou de la république*

LACLOS
Amour, liaisons et libertinage

LA FONTAINE
— *Fables*
— *Fables* (livres I à VI)

MARIVAUX
— *L'Île des esclaves* suivie de *La Colonie*
— *Le Jeu de l'amour et du hasard*

MAUPASSANT
— *Bel Ami*
— *Boule de Suif* suivie de *Mademoiselle Fifi*
— *Le Horla et autres nouvelles fantastiques*
— *Pierre et Jean*

MÉRIMÉE
— *Carmen*
— *La Vénus d'Ille* suivie de *Djoumâne* et *Les sorcières espagnoles*

MOLIÈRE
— *Dom Juan*
— *L'Avare*
— *L'École des femmes*
— *Le Médecin malgré lui*
— *Le Médecin volant* suivi de *L'Amour médecin*
— *Le Sicilien ou l'Amour peintre*
— *Les Fourberies de Scapin*

MUSSET
— *On ne badine pas avec l'amour*

RACINE
— *Phèdre*

RIMBAUD
— *Illuminations*

ROSTAND
— *Cyrano de Bergerac*

ROUSSEAU
— *Les Confessions* (livres I à IV)

SHAKESPEARE
— *Roméo et Juliette*

VERLAINE
— *Jadis et naguère*

VOLTAIRE
— *Candide*
— *L'Ingénu*
— *Zadig* suivi de *Micromégas*

ZOLA
— *Thérèse Raquin*

JEAN DE LA FONTAINE

FABLES

LIVRES I à VI

Préface, choix des fables et notes
de Catherine Bouttier-Couqueberg

POCKET

La papier de cet ouvrage est composé de fibres naturelles, renouvelables, reyclables et fabriquées à partir de bois provenant de forêts plantées et cultivées durablement pour la fabrication de ce papier.

ISBN : 978-2-266-19228-6

SOMMAIRE

FABLES

PRÉFACE

À la manière d'un fabuliste, quelques emblèmes pour présenter l'homme et son œuvre.

La Fontaine, ou le papillon et l'escarbot

La légende peint un « bonhomme » La Fontaine, souriant et distrait, épris de liberté, papillonnant dans ses amours et ses styles d'écriture. Bon et léger à la fois, en somme.

La réalité ? Un homme de très petite noblesse et de maigre fortune qui manqua toujours d'argent. Un homme courageux qui osa rester fidèle à son mécène disgracié, Fouquet, ce que la rancune tenace de Louis XIV lui fit payer toute sa vie. Un écrivain qui choisit des formes courtes et faciles à lire, bref rentables : poèmes de circonstance et éloges commandés, contes érotiques[1] et fables amusantes. Ce revers de médaille a heureusement un avers ! La Fontaine a compté des amis fidèles, attachés à lui depuis la jeunesse comme Maucroix ou Racine, lecteurs éclairés comme La Rochefoucauld, moraliste brillant, ou

1. Il a dû les renier pour raisons académiques… et religieuses.

Mme de La Fayette, romancière novatrice, protecteurs attentifs comme Mme de La Sablière. Ses *Fables* chantent si bien l'amitié qu'on l'adopte aujourd'hui encore comme parrain : ainsi J.B. Pontalis intitule-t-il ses souvenirs d'amitié *Le Songe du Monomotapa* (2009), en écho à la fable 11 du livre VIII. Intellectuel cultivé, La Fontaine appartient aux cercles épicuriens et illustre dans ses œuvres des éléments de cette philosophie libre. Élu à l'Académie, il a été apprécié des grands écrivains de son temps et goûté par de nombreux lecteurs.

Les sources des *Fables*, ou l'alouette et le dauphin

Que le titre de « maître des Eaux et Forêts » ne nous trompe pas. La Fontaine n'écrit pas en zoologiste, il n'a pas passé des heures dans les bois ou les champs à étudier le comportement des animaux. Certes il connaît la campagne et s'adonne à la chasse, comme tout noble de l'époque, donc les habitudes des bêtes lui sont familières. Il peut décrire avec exactitude le nichage des alouettes, mais son lièvre n'arbore comme caractéristique que ses longues oreilles. On ne reconnaît pas parmi les animaux domestiques un Brifaut ou un Martin réellement fréquenté.

La Fontaine n'a pas plus rencontré de lion qu'il n'a vu de dauphin. Ses animaux existent comme personnages, souvent empruntés à la tradition littéraire. Le dauphin sort de Pline plus que de la mer Égée, le renard et le loup viennent du conte médiéval (le célèbre *Roman de Renart* qui a rebaptisé le goupil) plus que des buissons de Champagne. Chacun tient son rôle conventionnel : le renard rusé et l'âne stupide, le lièvre peureux et l'aigle orgueilleux. Ésope déjà, dans l'Antiquité, avait tracé ces portraits canoniques et marié l'histoire à la moralité. Des animaux, oui, mais pour attaquer les hommes.

La cible des *Fables*, ou le lion et les ânes

Attaques politiques. Le puissant abuse de sa position et spolie sans vergogne les faibles : le lion vole l'argent des bêtes de somme, s'accapare le gibier pris à plusieurs.

« Ce droit, vous le savez, c'est le droit du plus fort. »

Tel le lion, le seigneur (car il y a aussi quelques humains sur la scène des *Fables*) en toute bonne conscience gâte les légumes et pille le cellier de son jardinier. Le petit a intérêt à ne pas attirer sur lui l'attention des grands. Injuste société où le misérable, lésé, ne peut que se taire ; se plaindre pourrait de surcroît lui coûter la vie !

« Quoi ? Ce n'est pas encore beaucoup
D'avoir de mon gosier retiré votre cou ? »

Satire morale. Si l'âne représente souvent la victime des violences du pouvoir, sur qui pleuvent les coups de Martin-bâton, des ânes servent aussi à figurer la sotte prétention des hommes. Celui qui porte des reliques ou l'argent de l'impôt se glorifie d'être si remarquable, il ne tarde pas à s'apercevoir qu'il ne vaut rien par lui-même, et que ce faux honneur causera sa perte. Celui qui se moquait de son voisin accablé sous le poids du sel se retrouvera bientôt noyé au fond de la rivière, coulé par ses éponges. Rien ne sert de copier, il faut penser à point ! Illusions et vanité, tels sont les défauts majeurs de l'humanité que La Fontaine raille sans relâche. Tableau pessimiste qu'éclairent des moments de gratitude et d'amitié vraies, qu'égaie l'humour du fabuliste.

Un peu de sucre pour une pilule amère ?

« Une morale nue apporte de l'ennui
Le conte fait passer le précepte avec lui. »

Un poète dans sa poésie, ou le cygne et la cigale

La Fontaine varie les vers en entrecoupant les classiques alexandrins d'octosyllabes mutins qui accélèrent le rythme. Il varie les tons, des pathétiques pleurs du cerf au burlesque misogyne : la chatte a beau être transformée en femme, son naturel revient au galop à la vue d'une souris. Humour noir parfois : la femme noyée, même morte, manifeste son esprit de contradiction en remontant le courant ! Il a banni la majesté épique des Grecs Ajax ou Diomède, la mièvrerie pastorale des amoureux Tircis et Amarylle, pour donner, dit-il, la parole à Margot et Pierrot. Mais son art tient plus de l'élégance des salons que du naturel champêtre. Même s'il cite du patois picard… (IV,16) Les noms de ses héros parlent d'eux-mêmes : s'il prend au quotidien le Martin de l'âne, le Rustaut ou le Miraut des chiens, il trouve Rodilard, le Ronge-lard, chez Rabelais et Psicarpax, le Voleur-de-miettes dans une parodie d'Homère. Du pittoresque culturel…

Dans plusieurs fables, surtout au début des livres, La Fontaine se confie en voix off. C'est-à-dire qu'il commente son travail tout en écrivant. Il exhibe son humilité de modeste fabuliste, mais on voit bien qu'il assure la promotion du genre :

« En ces sortes de feinte, il faut instruire et plaire. »

ainsi que sa propre publicité :

« d'un langage nouveau / J'ai fait parler le Loup et
répondre l'Agneau ».

Comme la Cigale, sa nature est de chanter, non de thésauriser, même s'il le paie aux temps froids. Mais la supériorité du talent est parfois reconnue : le cuisinier reconnaît le cygne à son ramage et ne met pas « un tel chanteur en soupe », ne coupe pas « la gorge à qui s'en sert si bien ». Assurément,

« Le doux parler ne nuit de rien. »

À qui s'adresse La Fontaine ? On l'aura compris, à tous. Aux petits et aux grands. Aux nobles du XVIIe siècle et aux lecteurs du XXIe siècle. Aux gens moraux et aux plaisantins. Une exclusion peut-être : il ne s'adresse pas à ceux qui se prennent (et le prennent) trop au sérieux.

AUX COULEURS DE L'ANTIQUE
INDEX

Sources antiques des *Fables*

ÉSOPE (VIIᵉ-VIᵉ siècle avant J.-C.) a fourni aux *Fables* le canevas de la plupart des intrigues (71 dans ce recueil). La Fontaine les a probablement lues, comme beaucoup de ses contemporains, dans le « Nevelet », édition publiée en 1610 qui comportait le texte grec et en regard une traduction latine très fidèle d'Isaac Nevelet. Ésope, cet « esclave de Phrygie », aussi laid que sage, à qui l'on attribue environ 400 fables, est peut-être un personnage légendaire ; La Fontaine lui rend hommage en insérant, avant les *Fables*, une *Vie d'Ésope le Phrygien*. Il s'est aussi inspiré (pour 25 fables de ce recueil) de l'écrivain latin PHÈDRE. Ce Grec du Iᵉʳ siècle, sans doute un affranchi de l'empereur Auguste, a composé 135 fables.

Mythologie antique

(La Fontaine utilise en général les noms romains)

ACHÉRON : un des fleuves qui entourent les Enfers.

ALECTO « l'implacable » : une des trois Furies. Ces déesses de la vengeance, redoutées de tous, habitent le monde d'en dessous et poursuivent sur terre les criminels.

AMPHITRITE : déesse de la mer, épouse de Neptune

APOLLON : dieu des arts, il est figuré jouant de la lyre. Sous le nom de Phébus (le brillant) « aux crins d'or », il incarne le soleil et porte un arc.

BACCHUS : dieu du vin ; le « suppôt de Bacchus » est donc un ivrogne.

BORÉE : dieu du vent du Nord, froid et violent.

CASSANDRE : fille de Priam, roi de Troie. Aimée par Apollon et l'ayant repoussé, elle reçut de lui un don : voir l'avenir, et une malédiction : ne jamais être crue.

CASTOR et POLLUX : héros jumeaux, fils de Jupiter et Léda, ils sont transformés en étoiles (Gémeaux).

CERBÈRE : chien à trois têtes qui garde l'entrée des Enfers.

CÉRÈS : déesse de l'agriculture, elle enseigna aux hommes l'usage du blé.

CHARYBDE et SCYLLA : voir Ulysse.

DISCORDE : voir Troie.

FORTUNE : incarnation du Sort et de ses aléas, représentée comme une femme portant une roue.

GANYMÈDE : voir Jupiter.

GRÂCES : déesses de la Beauté, ces trois filles de Jupiter escortent Apollon et les Muses.

HERCULE : héros, fils de Zeus et d'Alcmène, qui débarrassa la Grèce de nombreux monstres, comme l'HYDRE DE LERNE dont les têtes repoussaient à mesure qu'on les coupait.

IRIS : messagère des dieux ; son écharpe déployée, l'arc-en-ciel, symbolise le lien entre dieux et hommes

JAPET : un des Titans.

JUNON : femme du roi des dieux, Jupiter, dont elle a fréquemment sujet d'être jalouse. Oiseau emblématique : le paon.

JUPITER (dit familièrement Jupin) : roi des dieux ; il a

pour échanson le beau Ganymède qu'il a enlevé. Oiseau emblématique : l'aigle.

MARS : dieu de la guerre.

MÉGÈRE : une des trois Furies, connue pour sa voix stridente et son aspect effrayant.

MERCURE : messager des dieux comme le montrent ses sandales ailées.

MINERVE (Pallas) : déesse de la sagesse ; oiseau emblématique : la chouette.

MUSES : les neuf filles de Jupiter et Mémoire inspirent les artistes et protègent les arts (La Fontaine cite CALLIOPE, Muse de la poésie épique et de l'éloquence, et MELPOMÈNE, Muse de la tragédie).

NARCISSE : ce beau jeune homme s'éprit de son reflet dans l'eau et en oublia de se nourrir ; mort, il fut métamorphosé en fleur.

OLYMPE : montagne de Grèce, séjour des dieux.

PANDORE : la première femme ; les dieux façonnent cette belle créature pour punir les hommes. Envoyée sur terre, elle séduit et épouse Épiméthée. Elle ouvre par curiosité la jarre où sont enfermés tous les maux, et ceux-ci se répandent sur l'humanité.

PARNASSE : montagne de Grèce, séjour d'Apollon et des Muses ; par extension désigne la poésie.

PARQUES : ces trois divinités (« les sœurs filandières ») disposent du fil de la vie humaine ; l'une le file sur son fuseau (quenouille), l'autre l'enroule sur son rouet (ou « touret »), la dernière le coupe.

PHAÉTON : fils d'Apollon qui, pour son malheur, voulut conduire le char du Soleil et finit foudroyé. Le nom est passé en nom commun pour désigner un cocher de façon emphatique ou burlesque.

PHILOMÈLE fut transformée en rossignol après avoir été violée par son beau-frère TÉRÉE qui lui coupa la langue pour dissimuler son forfait. Sa sœur Procné la vengea en tuant son mari, elle devint hirondelle.

C'est un des épisodes les plus connus des *Métamorphoses* d'Ovide.

PSYCHÉ : cette belle princesse fut épousée par l'Amour et eut à souffrir de la jalousie de Vénus.

SATYRE : divinité mineure des bois, mi-homme, mi-bouc.

STYX : un des fleuves qui entourent les Enfers.

TÉTHYS ou TÉTHIS : déesse de l'Océan.

THÉMIS : déesse de la justice.

TITANS : dieux anciens, fils d'Ouranos et Gaia, qui sont évincés par les Olympiens. Ils sont vaincus dans leur guerre contre le « maître du tonnerre ».

TROIE : cité d'Asie mineure que les Grecs assiégèrent pendant dix ans. La Fontaine évoque plusieurs épisodes de cette guerre racontée dans l'*Iliade*. Ses origines : la déesse DISCORDE lance une pomme destinée « à la plus belle » aux noces de Thétis et Pélée. Son issue : la ruse du « cheval de bois » (II, 1) contenant Ulysse, AJAX, DIOMÈDE et autres héros. Il parle aussi du guerrier STENTOR à la voix puissante (II, 19).

ULYSSE : De l'*Odyssée*, La Fontaine rappelle l'épisode de POLYPHÈME : le CYCLOPE tenait Ulysse prisonnier dans la grotte où il enfermait la nuit ses moutons, celui-ci s'est délivré en crevant son œil unique. Ainsi que le passage périlleux du détroit de Messine où le navire d'Ulysse n'échappe à Charybde, tourbillon qui veut l'engloutir, que pour être menacé par Scylla, monstre qui, sur le rocher en face, attrape les marins pour les dévorer.

VÉNUS : déesse de la beauté et de l'amour ; oiseau emblématique : la colombe.

ZÉPHIR(E) : dieu du vent d'Ouest, doux et léger.

Autres références à l'Antiquité

ALCIPPE : berger, personnage conventionnel de la pastorale, comme Coridon et Tircis.

ARCADIE : région de Grèce.

ARÉOPAGE : tribunal d'Athènes, un modèle d'équité.

ALEXANDRE LE GRAND : roi de Macédoine (356-323 av. J.-C.), modèle des conquérants.

AMARYLLE : bergère, personnage de la pastorale.

ATTILA (395-453) : roi des Huns et célèbre conquérant.

CICÉRON (106-43 av. J.-C.) : orateur et homme politique romain, considéré comme le maître de l'éloquence.

DIOGÈNE (413-327 av. J.-C.) : philosophe grec cynique.

HIPPOCRATE : médecin grec (460-377 av. J.-C.) dont les préceptes sont toujours enseignés en médecine au XVIIe siècle.

HOMÈRE : poète grec (IXe siècle avant J.-C. ?) à qui l'on attribue les épopées l'*Iliade* et l'*Odyssée*. L'épopée est considérée au XVIIe siècle comme la forme la plus noble de la poésie.

HORACE : poète latin (65-8 av. J.-C.) qui a écrit des *Satires*, des *Odes*, des *Épîtres*. La Fontaine lui emprunte la fable du rat des villes et du rat des champs, mais, surtout, comme tous les écrivains de son siècle, il s'inspire des préceptes de *L'Art poétique*.

MÉCÉNAS ou MÉCÈNE (69-8 av. J.-C.) : riche Romain, ami d'Auguste, et protecteur des artistes.

MÉNÉNIUS AGRIPPA : homme politique romain qui réussit en 494 av. J.-C. à calmer la plèbe en révolte contre le Sénat en lui racontant la fable des membres et de l'estomac.

PLINE L'ANCIEN (23-79) : dans son *Histoire naturelle* rapporte diverses légendes sur les animaux que La Fontaine reprend.

PHRYGIE : région de Grèce.

SOCRATE (470-399) : ce philosophe grec, d'apparence rustique et d'intelligence subtile, pourrait être le patron des fabulistes. Il donnait volontiers ses leçons de sagesse en utilisant anecdotes et images familières. Son élève, Platon, lui attribue la première mise en vers des fables ésopiques.

THRACE : région de Grèce.

Contemporains cités

MAUCROIX : ami de toujours de La Fontaine.

SÉVIGNÉ : la belle Françoise, fille de Mme de Sévigné, sembla attirer même l'attention de Louis XIV.

MALHERBE (1555-1628) : poète exigeant qui a fixé des règles strictes pour la versification et le choix du vocabulaire ; RACAN a publié des *Mémoires* sur cet auteur en 1674.

LA ROCHEFOUCAULD écrivit des *Maximes* (1664), sentences morales dénonçant l'omniprésence de l'amour-propre chez les hommes. Son œuvre connut un grand succès.

L'imparfait au XVIIe siècle se terminait en -oit.
Dans cette édition, l'orthographe est modernisée en -ait, sauf quand il faut garder -oit pour la rime.

À

MONSEIGNEUR LE DAUPHIN[1]

Je chante les héros dont Ésope[2] est le père,
Troupe de qui l'histoire, encor que mensongère,
Contient des vérités qui servent de leçons.
Tout parle en mon ouvrage, et même les poissons :
Ce qu'ils disent s'adresse à tous tant que nous sommes ;
Je me sers d'animaux pour instruire les hommes.
ILLUSTRE REJETON D'UN PRINCE aimé des cieux,
Sur qui le monde entier a maintenant les yeux,
Et qui faisant fléchir les plus superbes têtes,
Comptera désormais ses jours par ses conquêtes,
Quelque autre te dira d'une plus forte voix
Les faits de tes aïeux et les vertus des rois.
Je vais t'entretenir de moindres aventures,
Te tracer en ces vers de légères peintures ;
Et si de t'agréer je n'emporte le prix,
J'aurais du moins l'honneur de l'avoir entrepris.

1. Louis, fils du roi Louis XIV et de son épouse Marie-Thérèse, alors âgé de dix ans.

2. La Fontaine parodie dans ce vers les débuts d'épopée (voir II,1).

LIVRE PREMIER

I

LA CIGALE ET LA FOURMI

[Ésope*]

La Cigale ayant chanté
Tout l'été,
Se trouva fort dépourvue
Quand la bise fut venue :
Pas un seul petit morceau
De mouche ou de vermisseau.
Elle alla crier famine
Chez la fourmi sa voisine,
La priant de lui prêter
Quelque grain pour subsister
Jusqu'à la saison nouvelle.
« Je vous paierai, lui dit-elle,
Avant l'oût[1], foi d'animal,
Intérêt et principal[2]. »
La Fourmi n'est pas prêteuse :
C'est là son moindre défaut.
« Que faisiez-vous au temps chaud ?

* Un index p. 15 situe les personnes et personnages dont le nom est suivi d'un astérisque.

1. Orthographe phonétique du mot « août ».
2. La somme prêtée et les intérêts dus.

Dit-elle à cette emprunteuse.
— Nuit et jour à tout venant
Je chantais, ne vous déplaise.
— Vous chantiez ? j'en suis fort aise :
Eh bien ! dansez maintenant. »

II

LE CORBEAU ET LE RENARD
[Ésope]

Maître Corbeau, sur un arbre perché,
Tenait en son bec un fromage.
Maître Renard, par l'odeur alléché,
Lui tint à peu près ce langage :
« Hé ! bonjour, Monsieur du Corbeau.
Que vous êtes joli ! que vous me semblez beau !
Sans mentir, si votre ramage
Se rapporte à votre plumage,
Vous êtes le phénix[1] des hôtes de ces bois. »
À ces mots le Corbeau ne se sent pas de joie ;
Et pour montrer sa belle voix,
Il ouvre un large bec, laisse tomber sa proie.
Le Renard s'en saisit, et dit : « Mon bon Monsieur,
Apprenez que tout flatteur
Vit aux dépens de celui qui l'écoute :
Cette leçon vaut bien un fromage, sans doute. »
Le Corbeau, honteux et confus,
Jura, mais un peu tard, qu'on ne l'y prendrait plus.

1. Le plus remarquable, le plus brillant (le phénix du mythe grec était un oiseau merveilleux capable de renaître de ses cendres).

III

LA GRENOUILLE QUI SE VEUT FAIRE AUSSI GROSSE QUE LE BŒUF

Une Grenouille vit un Bœuf
Qui lui sembla de belle taille.
Elle, qui n'était pas grosse en tout comme un œuf,
Envieuse, s'étend, et s'enfle, et se travaille,
Pour égaler l'animal en grosseur,
Disant : « Regardez bien, ma sœur ;
Est-ce assez ? dites-moi ; n'y suis-je point encore ?
— Nenni[1], — M'y voici donc ? — Point du tout. [— M'y voilà ?
— Vous n'en approchez point. » La chétive pécore[2].
S'enfla si bien qu'elle creva.

Le monde est plein de gens qui ne sont pas plus sages :
Tout bourgeois veut bâtir comme les grands seigneurs,
Tout petit prince a des ambassadeurs,
Tout marquis veut avoir des pages.

IV

LES DEUX MULETS

Deux Mulets cheminaient, l'un d'avoine chargé,
L'autre portant l'argent de la gabelle[3].
Celui-ci, glorieux d'une charge si belle,
N'eût voulu pour beaucoup en être soulagé.
Il marchait d'un pas relevé[4],

1. Non.
2. Bête, petit animal (registre burlesque).
3. Impôt sur le sel.
4. En levant haut le pied.

Et faisait sonner sa sonnette :
Quand l'ennemi se présentant,
Comme il en voulait à l'argent,
Sur le Mulet du fisc une troupe se jette,
Le saisit au frein[1] et l'arrête.
Le Mulet, en se défendant,
Se sent percer de coups ; il gémit, il soupire.
« Est-ce donc là, dit-il, ce qu'on m'avait promis ?
Ce Mulet qui me suit du danger se retire ;
Et moi j'y tombe, et je péris !
— Ami, lui dit son camarade,
Il n'est pas toujours bon d'avoir un haut emploi :
Si tu n'avais servi qu'un meunier, comme moi,
Tu ne serais pas si malade. »

V

LE LOUP ET LE CHIEN
[Ésope]

Un Loup n'avait que les os et la peau,
Tant les chiens faisaient bonne garde.
Ce Loup rencontre un Dogue aussi puissant que beau,
Gras, poli, qui s'était fourvoyé par mégarde.
L'attaquer, le mettre en quartiers,
Sire Loup l'eût fait volontiers ;
Mais il fallait livrer bataille,
Et le mâtin[2] était de taille
À se défendre hardiment.
Le Loup donc l'aborde humblement,
Entre en propos, et lui fait compliment
Sur son embonpoint, qu'il admire.

1. Mors du cheval.
2. Gros chien de garde ou de chasse.

« Il ne tiendra qu'à vous, beau sire,
D'être aussi gras que moi, lui repartit le Chien.
Quittez les bois, vous ferez bien :
Vos pareils y sont misérables,
Cancres, hères[1], et pauvres diables,
Dont la condition est de mourir de faim.
Car quoi ? rien d'assuré : point de franche lippée[2] ;
Tout à la pointe de l'épée.
Suivez-moi : vous aurez un bien meilleur destin. »
Le Loup reprit : « Que me faudra-t-il faire ?
— Presque rien, dit le Chien : donner la chasse aux [gens
Portants bâtons, et mendiants ;
Flatter ceux du logis, à son maître complaire :
Moyennant quoi votre salaire
Sera force reliefs de toutes les façons,
Os de poulets, os de pigeons,
Sans parler de mainte caresse. »
Le Loup déjà se forge une félicité
Qui le fait pleurer de tendresse.
Chemin faisant, il vit le col du Chien pelé.
« Qu'est-ce là ? lui dit-il. – Rien. – Quoi ? rien ? – Peu [de chose.
— Mais encor ? – Le collier dont je suis attaché
De ce que vous voyez est peut-être la cause.
— Attaché ? dit le Loup : vous ne courez donc pas
Où vous voulez ? – Pas toujours ; mais qu'importe ?
— Il importe si bien, que de tous vos repas
Je ne veux en aucune sorte,
Et ne voudrais pas même à ce prix un trésor. »
Cela dit, maître Loup s'enfuit, et court encor.

1. Les deux mots désignent des pauvres, des misérables.
2. Bouchée qui ne coûte rien, repas gratuit.

VI

LA GÉNISSE, LA CHÈVRE, ET LA BREBIS, EN SOCIÉTÉ AVEC LE LION

La Génisse, la Chèvre, et leur sœur la Brebis,
Avec un fier Lion, seigneur du voisinage,
Firent société, dit-on, au temps jadis,
Et mirent en commun le gain et le dommage.
Dans les lacs[1] de la Chèvre un cerf se trouva pris.
Vers ses associés aussitôt elle envoie.
Eux venus, le Lion par ses ongles[2] compta,
Et dit : « Nous sommes quatre à partager la proie. »
Puis en autant de parts le cerf il dépeça ;
Prit pour lui la première en qualité de Sire :
« Elle doit être à moi, dit-il ; et la raison,
C'est que je m'appelle Lion :
À cela l'on n'a rien à dire.
La seconde, par droit, me doit échoir encor :
Ce droit, vous le savez, c'est le droit du plus fort.
Comme le plus vaillant, je prétends la troisième.
Si quelqu'une de vous touche à la quatrième,
Je l'étranglerai tout d'abord. »

VII

LA BESACE

Jupiter* dit un jour : « Que tout ce qui respire
S'en vienne comparaître aux pieds de ma grandeur :
Si dans son composé quelqu'un trouve à redire,
Il peut le déclarer sans peur ;
Je mettrai remède à la chose.

1. Lacet, piège fait d'un nœud coulant pour attraper le gibier.
2. Variation amusante de « compter sur ses doigts ».

Venez, Singe ; parlez le premier, et pour cause.
Voyez ces animaux, faites comparaison.
De leurs beautés avec les vôtres.
Êtes-vous satisfait ? – Moi ? dit-il ; pourquoi non ?
N'ai-je pas quatre pieds aussi bien que les autres ?
Mon portrait jusqu'ici ne m'a rien reproché ;
Mais pour mon frère l'Ours, on ne l'a qu'ébauché :
Jamais, s'il me veut croire, il ne se fera peindre. »
L'Ours venant là-dessus, on crut qu'il s'allait plaindre.
Tant s'en faut : de sa forme il se loua très fort ;
Glosa[1] sur l'Éléphant, dit qu'on pourrait encor
Ajouter à sa queue, ôter à ses oreilles ;
Que c'était une masse informe et sans beauté.
L'Éléphant étant écouté,
Tout sage qu'il était, dit des choses pareilles :
Il jugea qu'à son appétit
Dame Baleine était trop grosse.
Dame Fourmi trouva le Ciron[2] trop petit,
Se croyant, pour elle, un colosse.
Jupin* les renvoya s'étant censurés tous,
Du reste, contents d'eux. Mais parmi les plus fous
Notre espèce excella ; car tout ce que nous sommes,
Lynx envers nos pareils, et taupes envers nous,
Nous nous pardonnons tout, et rien aux autres hommes :
On se voit d'un autre œil qu'on ne voit son prochain.
Le fabricateur souverain
Nous créa besaciers[3] tous de même manière,
Tant ceux du temps passé que du temps d'aujourd'hui :
Il fit pour nos défauts la poche de derrière,
Et celle de devant pour les défauts d'autrui.

1. Fit des commentaires sans fin.
2. Minuscule acarien cité comme modèle de petitesse.
3. Ceux qui, comme les mendiants, portent sur l'épaule un sac à deux poches, la besace (ou bissac).

VIII

L'HIRONDELLE ET LES PETITS OISEAUX

Une Hirondelle en ses voyages
Avait beaucoup appris. Quiconque a beaucoup vu
Peut avoir beaucoup retenu.
Celle-ci prévoyait jusqu'aux moindres orages,
Et devant qu'ils fussent éclos,
Les annonçait aux matelots.
Il arriva qu'au temps que la chanvre[1] se sème,
Elle vit un manant[2] en couvrir maints sillons.
« Ceci ne me plaît pas, dit-elle aux Oisillons :
Je vous plains ; car pour moi, dans ce péril extrême,
Je saurai m'éloigner, ou vivre en quelque coin.
Voyez-vous cette main qui par les airs chemine ?
Un jour viendra, qui n'est pas loin,
Que ce qu'elle répand sera votre ruine.
De là naîtront engins à vous envelopper,
Et lacets pour vous attraper,
Enfin mainte et mainte machine
Qui causera dans la saison
Votre mort ou votre prison :
Gare la cage ou le chaudron !
Mangez ce grain ; et croyez-moi. »
Les Oiseaux se moquèrent d'elle :
Ils trouvaient aux champs trop de quoi.
Quand la chènevière[1] fut verte,
L'Hirondelle leur dit : « Arrachez brin à brin
Ce qu'a produit ce maudit grain,
Ou soyez sûrs de votre perte.
— Prophète de malheur, babillarde, dit-on,

1. La plante textile, alors du genre féminin, cultivée dans une chènevière.

2. Un paysan, par extension un homme de peu.

Le bel emploi que tu nous donnes !
Il nous faudrait mille personnes
Pour éplucher tout ce canton. »
La chanvre étant tout à fait crue,
L'Hirondelle ajouta : « Ceci ne va pas bien ;
Mauvaise graine est tôt venue.
Mais puisque jusqu'ici l'on ne m'a crue en rien,
Dès que vous verrez que la terre
Sera couverte, et qu'à leurs blés
Les gens n'étant plus occupés
Feront aux oisillons la guerre ;
Quand reginglettes[1] et réseaux[2]
Attraperont petits oiseaux,
Ne volez plus de place en place,
Demeurez au logis, ou changez de climat :
Imitez le canard, la grue, et la bécasse.
Mais vous n'êtes pas en état
De passer, comme nous, les déserts et les ondes,
Ni d'aller chercher d'autres mondes ;
C'est pourquoi vous n'avez qu'un parti qui soit sûr :
C'est de vous renfermer aux trous de quelque mur. »
Les Oisillons, las de l'entendre,
Se mirent à jaser aussi confusément
Que faisaient les Troyens quand la pauvre Cassandre*
Ouvrait la bouche seulement.
Il en prit[3] aux uns comme aux autres :
Maint oisillon se vit esclave retenu.

Nous n'écoutons d'instincts que ceux qui sont les [nôtres,
Et ne croyons le mal que quand il est venu.

1. Piège à ressort (patois de Champagne).
2. Piège formé de filets.
3. Il en arriva aux uns comme aux autres.

IX

LE RAT DE VILLE ET LE RAT DES CHAMPS

Autrefois le Rat de ville
Invita le Rat des champs,
D'une façon fort civile,
À des reliefs[1] d'ortolans[2].

Sur un tapis de Turquie
Le couvert se trouva mis.
Je laisse à penser la vie
Que firent ces deux amis.

Le régal fut fort honnête :
Rien ne manquait au festin ;
Mais quelqu'un troubla la fête
Pendant qu'ils étaient en train.

À la porte de la salle
Ils entendirent du bruit :
Le Rat de ville détale ;
Son camarade le suit.

Le bruit cesse, on se retire :
Rats en campagne aussitôt ;
Et le citadin de dire :
« Achevons tout notre rôt.

— C'est assez, dit le rustique ;
Demain vous viendrez chez moi.
Ce n'est pas que je me pique
De tous vos festins de roi ;

1. Menus restes.
2. Les ortolans sont de petits oiseaux à la chair estimée.

Mais rien ne vient m'interrompre :
Je mange tout à loisir.
Adieu donc. Fi du plaisir
Que la crainte peut corrompre ! »

X

LE LOUP ET L'AGNEAU
[Ésope]

La raison du plus fort est toujours la meilleure ;
Nous l'allons montrer tout à l'heure.
Un Agneau se désaltérait
Dans le courant d'une onde pure.
Un Loup survient à jeun, qui cherchait aventure,
Et que la faim en ces lieux attirait.
« Qui te rend si hardi de troubler mon breuvage ?
Dit cet animal plein de rage :
Tu seras châtié de ta témérité.
— Sire, répond l'Agneau, que Votre Majesté
Ne se mette pas en colère ;
Mais plutôt qu'elle considère
Que je me vas désaltérant
Dans le courant,
Plus de vingt pas au-dessous d'Elle ;
Et que par conséquent, en aucune façon,
Je ne puis troubler sa boisson.
— Tu la troubles, reprit cette bête cruelle ;
Et je sais que de moi tu médis l'an passé.
— Comment l'aurais-je fait si je n'étais pas né ?
Reprit l'Agneau ; je tette encore ma mère.
— Si ce n'est toi, c'est donc ton frère.
— Je n'en ai point. — C'est donc quelqu'un des tiens ;
Car vous ne m'épargnez guère,

Vous, vos bergers, et vos chiens.
On me l'a dit : il faut que je me venge. »
Là-dessus, au fond des forêts
Le Loup l'emporte, et puis le mange,
Sans autre forme de procès.

XI

L'HOMME ET SON IMAGE

Pour M. le duc de La Rochefoucauld*

Un homme qui s'aimait sans avoir de rivaux
Passait dans son esprit pour le plus beau du monde.
Il accusait toujours les miroirs d'être faux,
Vivant plus que content dans une erreur profonde.
Afin de le guérir, le sort officieux
Présentait partout à ses yeux
Les conseillers muets dont se servent nos dames ;
Miroirs dans les logis, miroirs chez les marchands,
Miroirs aux poches des galands[1],
Miroirs aux ceintures des femmes.
Que fait notre Narcisse* ? Il se va confiner
Aux lieux les plus cachés qu'il peut s'imaginer,
N'osant plus des miroirs éprouver l'aventure.
Mais un canal, formé par une source pure,
Se trouve en ces lieux écartés :
Il s'y voit, il se fâche ; et ses yeux irrités
Pensent apercevoir une chimère vaine.
Il fait tout ce qu'il peut pour éviter cette eau ;
Mais quoi ? le canal est si beau
Qu'il ne le quitte qu'avec peine.

On voit bien où je veux venir.
Je parle à tous ; et cette erreur extrême

1. Amoureux (orthographe d'époque pour « galant »).

Est un mal que chacun se plaît d'entretenir.
Notre âme, c'est cet homme amoureux de lui-même ;
Tant de miroirs, ce sont les sottises d'autrui,
Miroirs, de nos défauts les peintres légitimes ;
Et quant au canal, c'est celui
Que chacun sait, le livre des *Maximes.*

XII

LE DRAGON À PLUSIEURS TÊTES ET LE DRAGON À PLUSIEURS QUEUES

Un envoyé du Grand Seigneur[1]
Préférait, dit l'histoire, un jour chez l'Empereur[2],
Les forces de son maître à celles de l'Empire.
Un Allemand se mit à dire :
« Notre prince a des dépendants[3]
Qui, de leur chef, sont si puissants
Que chacun d'eux pourrait soudoyer[4] une armée. »
Le chiaoux[5], homme de sens,
Lui dit : « Je sais par renommée
Ce que chaque Électeur[6] peut de monde fournir ;
Et cela me fait souvenir
D'une aventure étrange, et qui pourtant est vraie.
J'étais en un lieu sûr, lorsque je vis passer
Les cent têtes d'une Hydre* au travers d'une haie.
Mon sang commence à se glacer ;
Et je crois qu'à moins on s'effraie.
Je n'en eus toutefois que la peur sans le mal :

1. Le Sultan.
2. L'Empereur d'Allemagne.
3. Des vassaux qui sont assez puissants à eux seuls.
4. Engager et payer des soldats.
5. Officier ou ambassadeur du sultan.
6. Prince allemand qui peut voter pour élire l'Empereur.

Jamais le corps de l'animal
Ne put venir vers moi, ni trouver d'ouverture.
Je rêvais à cette aventure,
Quand un autre Dragon, qui n'avait qu'un seul chef[1],
Et bien plus d'une queue, à passer se présente.
Me voilà saisi derechef
D'étonnement et d'épouvante.
Ce chef passe, et le corps, et chaque queue aussi :
Rien ne les empêcha ; l'un fit chemin à l'autre.
Je soutiens qu'il en est ainsi
De votre empereur et du nôtre. »

XIII

LES VOLEURS ET L'ÂNE
[Ésope]

Pour un Âne enlevé deux Voleurs se battaient :
L'un voulait le garder, l'autre le voulait vendre.
Tandis que coups de poing trottaient,
Et que nos champions songeaient à se défendre,
Arrive un troisième larron
Qui saisit maître Aliboron.

L'Âne, c'est quelquefois une pauvre province :
Les voleurs sont tel ou tel prince,
Comme le Transylvain[2], le Turc, et le Hongrois.
Au lieu de deux, j'en ai rencontré trois :
Il est assez de cette marchandise.
De nul d'eux n'est souvent la province conquise :
Un quart voleur survient, qui les accorde net
En se saisissant du Baudet.

1. Tête.
2. Habitant d'une région de la Roumanie centrale.

XIV

SIMONIDE PRÉSERVÉ PAR LES DIEUX

On ne peut trop louer trois sortes de personnes :
Les Dieux, sa maîtresse, et son roi.
Malherbe* le disait ; j'y souscris, quant à moi :
Ce sont maximes toujours bonnes.
La louange chatouille et gagne les esprits :
Les faveurs d'une belle en sont souvent le prix.
Voyons comme les Dieux l'ont quelquefois payée.

Simonide[1] avait entrepris
L'éloge d'un Athlète ; et la chose essayée,
Il trouva son sujet plein de récits tout nus.
Les parents de l'Athlète étaient gens inconnus ;
Son père, un bon bourgeois ; lui, sans autre mérite ;
Matière infertile et petite.
Le poète d'abord parla de son héros.
Après en avoir dit ce qu'il en pouvait dire,
Il se jette à côté, se met sur le propos
De Castor* et Pollux* ; ne manque pas d'écrire
Que leur exemple était aux lutteurs glorieux ;
Élève[2] leurs combats, spécifiant les lieux
Où ces frères s'étaient signalés davantage :
Enfin l'éloge de ces Dieux
Faisait les deux tiers de l'ouvrage.
L'Athlète avait promis d'en payer un talent[3] ;
Mais quand il le vit, le galand[4]
N'en donna que le tiers ; et dit fort franchement

1. Poète grec (556-467) inventeur de l'ode triomphale, poème faisant l'éloge des vainqueurs.

2. Loue, célèbre.

3. Monnaie grecque valant 20 kg d'or ou d'argent.

4. Un coquin, un fripon (autre sens à l'époque de galand ou galant).

Que Castor et Pollux acquittassent le reste.
« Faites-vous contenter par ce couple céleste.
Je vous veux traiter cependant :
Venez souper chez moi ; nous ferons bonne vie :
Les conviés sont gens choisis,
Mes parents, mes meilleurs amis ;
Soyez donc de la compagnie. »
Simonide promit. Peut-être qu'il eut peur
De perdre, outre son dû, le gré de sa louange.
Il vient : l'on festine, l'on mange.
Chacun étant en belle humeur,
Un domestique accourt, l'avertit qu'à la porte
Deux hommes demandaient à le voir promptement.
Il sort de table ; et la cohorte
N'en perd pas un seul coup de dent.
Ces deux hommes étaient les gémeaux[1] de l'éloge.
Tous deux lui rendent grâce ; et pour prix de ses vers,
Ils l'avertissent qu'il déloge,
Et que cette maison va tomber à l'envers.
La prédiction en fut vraie.
Un pilier manque ; et le plafond,
Ne trouvant plus rien qui l'étaie,
Tombe sur le festin, brise plats et flacons,
N'en fait pas moins aux échansons[2].
Ce ne fut pas le pis ; car pour rendre complète
La vengeance due au poëte,
Une poutre cassa la jambe à l'Athlète,
Et renvoya les conviés
Pour la plupart estropiés.
La Renommée eut soin de publier l'affaire :
Chacun cria miracle... On doubla le salaire

1. Jumeaux.
2. Officiers de maison royale ou seigneuriale qui servent à boire à table.

Que méritaient les vers d'un homme aimé des Dieux.
Il n'était fils de bonne mère
Qui, les payant à qui mieux mieux,
Pour ses ancêtres n'en fît faire.

Je reviens à mon texte, et dis premièrement
Qu'on ne saurait manquer de louer largement
Les Dieux et leurs pareils ; de plus, que Melpomène*
Souvent, sans déroger[1], trafique[2] de sa peine ;
Enfin qu'on doit tenir notre art en quelque prix.
Les grands se font honneur dès lors qu'ils nous font [grâce ;
Jadis l'Olympe* et le Parnasse*
Étaient frères et bons amis.

XV

LA MORT ET LE MALHEUREUX
[Ésope + Sénèque]

Un malheureux appelait tous les jours
La Mort à son secours.
« Ô mort, lui disait-il, que tu me sembles belle !
Viens vite, viens finir ma fortune[3] cruelle. »
La Mort crut, en venant, l'obliger[4] en effet.
Elle frappe à sa porte, elle entre, elle se montre.
« Que vois-je ? cria-t-il, ôtez-moi cet objet ;
Qu'il est hideux ! que sa rencontre
Me cause d'horreur et d'effroi !
N'approche pas, ô Mort ; ô Mort, retire-toi. »

1. Sans avoir une conduite indigne de son rang.
2. Fait commerce (activité qui fait perdre aux nobles leur rang).
3. Sort.
4. Lui rendre service.

Mécénas* fut un galand homme ;
Il a dit quelque part : « Qu'on me rende impotent,
Cul-de-jatte, goutteux[1], manchot, pourvu qu'en somme
Je vive, c'est assez, je suis plus que content. »
Ne viens jamais, ô Mort ; on t'en dit tout autant.

Ce sujet a été traité d'une autre façon par Ésope, comme la Fable suivante le fera voir. Je composai celle-ci pour une raison qui me contraignait de rendre la chose ainsi générale. Mais quelqu'un me fit connaître que j'eusse beaucoup mieux fait de suivre mon original, et que je laissais passer un des plus beaux traits qui fût dans Ésope. Cela m'obligea d'y avoir recours. Nous ne saurions aller plus avant que les Anciens : ils ne nous ont laissé pour notre part que la gloire de les bien suivre. Je joins toutefois ma Fable à celle d'Ésope ; non que la mienne le mérite ; mais à cause du mot de Mécénas, que j'y fais entrer, et qui est si beau et si à propos que je n'ai pas cru le devoir omettre.

XVI

LA MORT ET LE BÛCHERON
[Ésope]

Un pauvre Bûcheron, tout couvert de ramée[2],
Sous le faix du fagot aussi bien que des ans
Gémissant et courbé, marchait à pas pesants,
Et tâchait de gagner sa chaumine enfumée.

1. Qui souffre d'inflammations articulaires, souvent localisées aux pieds.
2. Feuillage, branchages.

Enfin, n'en pouvant plus d'effort et de douleur,
Il met bas son fagot, il songe à son malheur.

« Quel plaisir a-t-il eu depuis qu'il est au monde ?
En est-il un plus pauvre en la machine[1] ronde ?
Point de pain quelquefois, et jamais de repos. »
Sa femme, ses enfants, les soldats, les impôts,
Le créancier, et la corvée[2]
Lui font d'un malheureux la peinture achevée.
Il appelle la Mort. Elle vient sans tarder,
Lui demande ce qu'il faut faire.
« C'est, dit-il, afin de m'aider
À recharger ce bois ; tu ne tarderas guère. »

Le trépas vient tout guérir ;
Mais ne bougeons d'où nous sommes :
Plutôt souffrir que mourir,
C'est la devise des hommes.

XVII

L'HOMME ENTRE DEUX ÂGES ET SES DEUX MAÎTRESSES

[Ésope]

Un Homme de moyen âge,
Et tirant sur le grison[3],
Jugea qu'il était saison
De songer au mariage.

1. La Terre.
2. Travail que les serfs devaient effectuer gratuitement pour le seigneur.
3. Commençant à grisonner, à avoir les cheveux gris.

Il avait du comptant,
Et partant
De quoi choisir ; toutes voulaient lui plaire :
En quoi notre amoureux ne se pressait pas tant ;
Bien adresser[1] n'est pas petite affaire.
Deux veuves sur son cœur eurent le plus de part :
L'une encor verte, et l'autre un peu bien mûre,
Mais qui réparait par son art
Ce qu'avait détruit la nature.
Ces deux Veuves, en badinant,
En riant, en lui faisant fête,
L'allaient quelquefois testonnant[2],
C'est-à-dire ajustant sa tête.
La Vieille à tous moments de sa part emportait
Un peu du poil noir qui restait,
Afin que son amant en fût plus à sa guise.
La Jeune saccageait les poils blancs à son tour.
Toutes deux firent tant, que notre tête grise
Demeura sans cheveux, et se douta du tour.
« Je vous rends, leur dit-il, mille grâces, les Belles,
Qui m'avez si bien tondu :
J'ai plus gagné que perdu ;
Car d'hymen point de nouvelles.
Celle que je prendrais voudrait qu'à sa façon
Je vécusse, et non à la mienne.
Il n'est tête chauve qui tienne :
Je vous suis obligé, Belles, de la leçon. »

1. Toucher ce qu'on vise.
2. Frisant.

XVIII

LE RENARD ET LA CIGOGNE

Compère[1] le Renard se mit un jour en frais,
Et retint à dîner commère la Cigogne.
Le régal fut petit et sans beaucoup d'apprêts :
Le galand, pour toute besogne,
Avait un brouet[2] clair ; il vivait chichement.
Ce brouet fut par lui servi sur une assiette :
La Cigogne au long bec n'en put attraper miette ;
Et le drôle eut lapé le tout en un moment.
Pour se venger de cette tromperie,
À quelque temps de là, la Cigogne le prie.
« Volontiers, lui dit-il, car avec mes amis
Je ne fais point cérémonie. »
À l'heure dite, il courut au logis
De la Cigogne son hôtesse,
Loua très fort la politesse,
Trouva le dîner cuit à point.
Bon appétit surtout ; renards n'en manquent point.
Il se réjouissait à l'odeur de la viande
Mise en menus morceaux, et qu'il croyait friande.
On servit, pour l'embarrasser,
En un vase à long col et d'étroite embouchure.
Le bec de la Cigogne y pouvait bien passer,
Mais le museau du sire était d'autre mesure.
Il lui fallut à jeun retourner au logis,
Honteux comme un renard qu'une poule aurait pris,
Serrant la queue, et portant bas l'oreille.

Trompeurs, c'est pour vous que j'écris :
Attendez-vous à la pareille.

1. Terme familier pour interpeller un ami, un voisin.
2. Potage clair et peu nourrissant.

XIX

L'ENFANT ET LE MAÎTRE D'ÉCOLE

Dans ce récit je prétends faire voir
D'un certain sot la remontrance vaine.

Un jeune Enfant dans l'eau se laissa choir,
En badinant sur les bords de la Seine.
Le Ciel permit qu'un saule se trouva,
Dont le branchage, après Dieu, le sauva.
S'étant pris, dis-je, aux branches de ce saule,
Par cet endroit passe un Maître d'école ;
L'Enfant lui crie : « Au secours ! je péris. »
Le Magister[1], se tournant à ses cris,
D'un ton fort grave à contre-temps s'avise
De le tancer[2] : « Ah ! le petit babouin !
Voyez, dit-il, où l'a mis sa sottise !
Et puis, prenez de tels fripons le soin.
Que les parents sont malheureux qu'il faille
Toujours veiller à semblable canaille !
Qu'ils ont de maux ! et que je plains leur sort ! »
Ayant tout dit, il mit l'Enfant à bord.

Je blâme ici plus de gens qu'on ne pense.
Tout babillard, tout censeur, tout pédant[3]
Se peut connaître au discours que j'avance.
Chacun des trois fait un peuple fort grand :
Le Créateur en a béni l'engeance.
En toute affaire ils ne font que songer
Aux moyens d'exercer leur langue.

1. Maître d'école.
2. Réprimander.
3. Celui qui étale avec prétention son savoir.

Hé ! mon ami, tire-moi de danger,
Tu feras après ta harangue.

XX

LE COQ ET LA PERLE

Un jour un Coq détourna
Une Perle, qu'il donna
Au beau premier lapidaire[1].
« Je la crois fine, dit-il ;
Mais le moindre grain de mil[2]
Serait bien mieux mon affaire. »

Un ignorant hérita
D'un manuscrit, qu'il porta
Chez son voisin le libraire.
« Je crois, dit-il, qu'il est bon ;
Mais le moindre ducaton[3]
Serait bien mieux mon affaire. »

XXI

LES FRELONS ET LES MOUCHES À MIEL

À l'œuvre on connaît l'artisan.

Quelques rayons de miel sans maître se trouvèrent :
Des Frelons les réclamèrent ;
Des Abeilles s'opposant,
Devant certaine Guêpe on traduisit la cause.

1. Commerçant qui vend des pierres précieuses.
2. Céréale à petits grains.
3. Ancienne monnaie d'argent.

Il était malaisé de décider la chose :
Les témoins déposaient qu'autour de ces rayons
Des animaux ailés, bourdonnants, un peu longs,
De couleur fort tannée, et tels que les abeilles,
Avaient longtemps paru. Mais quoi ? dans les Frelons
Ces enseignes[1] étaient pareilles.
La Guêpe, ne sachant que dire à ces raisons,
Fit enquête nouvelle, et pour plus de lumière
Entendit une fourmilière.
Le point n'en put être éclairci.
« De grâce, à quoi bon tout ceci ?
Dit une Abeille fort prudente.
Depuis tantôt six mois que la cause est pendante[2],
Nous voici comme aux premiers jours.
Pendant cela le miel se gâte.
Il est temps désormais que le juge se hâte :
N'a-t-il point assez léché[3] l'ours ?
Sans tant de contredits, et d'interlocutoires,
Et de fatras, et de grimoires,
Travaillons, les Frelons et nous :
On verra qui sait faire, avec un suc si doux,
Des cellules si bien bâties. »
Le refus des Frelons fit voir
Que cet art passait leur savoir ;
Et la Guêpe adjugea le miel à leurs parties.

Plût à Dieu qu'on réglât ainsi tous les procès !
Que des Turcs en cela l'on suivît la méthode !
Le simple sens commun nous tiendrait lieu de code :
Il ne faudrait point tant de frais ;

1. Marques distinctives.
2. En instance de jugement.
3. Dégrossir, comme le fait selon la légende l'ourse en léchant son petit.

Au lieu qu'on nous mange, on nous gruge[1],
On nous mine par des longueurs ;
On fait tant, à la fin, que l'huître est pour le juge,
Les écailles pour les plaideurs.

XXII

LE CHÊNE ET LE ROSEAU
[Ésope]

Le Chêne un jour dit au Roseau :
« Vous avez bien sujet d'accuser la nature ;
Un roitelet pour vous est un pesant fardeau ;
Le moindre vent, qui d'aventure
Fait rider la face de l'eau,
Vous oblige à baisser la tête,
Cependant que mon front, au Caucase pareil,
Non content d'arrêter les rayons du soleil,
Brave l'effort de la tempête.
Tout vous est aquilon[2] ; tout me semble zéphyr*.
Encor si vous naissiez à l'abri du feuillage
Dont je couvre le voisinage,
Vous n'auriez pas tant à souffrir :
Je vous défendrais de l'orage ;
Mais vous naissez le plus souvent
Sur les humides bords des royaumes du vent.
La nature envers vous me semble bien injuste.
— Votre compassion, lui répondit l'arbuste,
Part d'un bon naturel ; mais quittez ce souci :
Les vents me sont moins qu'à vous redoutables ;
Je plie, et ne romps pas. Vous avez jusqu'ici
Contre leurs coups épouvantables

1. Trompe.
2. Vent du Nord, froid et violent. Le zéphir est une brise douce.

Résisté sans courber le dos ;
Mais attendons la fin. » Comme il disait ces mots,
Du bout de l'horizon accourt avec furie
Le plus terrible des enfants
Que le Nord eût portés jusque-là dans ses flancs.
L'arbre tient bon ; le Roseau plie.
Le vent redouble ses efforts,
Et fait si bien qu'il déracine
Celui de qui la tête au ciel était voisine,
Et dont les pieds touchaient à l'empire des morts.

LIVRE DEUXIÈME

I

CONTRE CEUX QUI ONT LE GOÛT DIFFICILE

Quand j'aurais en naissant reçu de Calliope*
Les dons qu'à ses amants cette Muse a promis,
Je les consacrerais aux mensonges d'Ésope :
Le mensonge et les vers de tout temps sont amis.
Mais je ne me crois pas si chéri du Parnasse
Que de savoir orner toutes ces fictions.
On peut donner du lustre[1] à leurs inventions :
On le peut, je l'essaie ; un plus savant le fasse.
Cependant jusqu'ici d'un langage nouveau
J'ai fait parler le Loup et répondre l'Agneau ;
J'ai passé plus avant : les arbres et les plantes
Sont devenus chez moi créatures parlantes.
Qui ne prendrait ceci pour un enchantement ?
« Vraiment, me diront nos critiques,
Vous parlez magnifiquement
De cinq ou six contes d'enfant.
— Censeurs, en voulez-vous qui soient plus authen-[tiques
Et d'un style plus haut ? En voici : « Les Troyens,
« Après dix ans de guerre autour de leurs murailles,
« Avaient lassé les Grecs, qui par mille moyens,

1. Éclat.

« Par mille assauts, par cent batailles,
« N'avaient pu mettre à bout cette fière cité,
« Quand un cheval de bois, par Minerve* inventé,
« D'un rare et nouvel artifice,
« Dans ses énormes flancs reçut le sage Ulysse*,
« Le vaillant Diomède*, Ajax* l'impétueux,
« Que ce colosse monstrueux
« Avec leurs escadrons devait porter dans Troie,
« Livrant à leur fureur ses dieux mêmes en proie :
« Stratagème inouï, qui des fabricateurs
« Paya la constance et la peine. »
— C'est assez, me dira quelqu'un de nos auteurs :
La période[1] est longue, il faut reprendre haleine ;
Et puis votre cheval de bois,
Vos héros avec leurs phalanges[2],
Ce sont des contes plus étranges
Qu'un renard qui cajole un corbeau sur sa voix :
De plus, il vous sied mal d'écrire en si haut style.
— Eh bien ! baissons d'un ton. « La jalouse Amarylle*
« Songeait à son Alcippe*, et croyait de ses soins
« N'avoir que ses moutons et son chien pour témoins.
« Tircis, qui l'aperçut, se glisse entre des saules ;
« Il entend la bergère adressant ces paroles
« Au doux Zéphire ; et le priant
« De les porter à son amant. »
— Je vous arrête à cette rime,
Dira mon censeur à l'instant ;
Je ne la tiens pas légitime,
Ni d'une assez grande vertu :
Remettez, pour le mieux, ces deux vers à la fonte.
— Maudit censeur ! te tairas-tu ?
Ne saurais-je achever mon conte ?
C'est un dessein très dangereux
Que d'entreprendre de te plaire. »

1. Phrase.
2. Troupes, armées.

Les délicats sont malheureux :
Rien ne saurait les satisfaire.

II

CONSEIL TENU PAR LES RATS

Un Chat, nommé Rodilardus,
Faisait des rats telle déconfiture
Que l'on n'en voyait presque plus,
Tant il en avait mis dedans la sépulture.
Le peu qu'il en restait, n'osant quitter son trou,
Ne trouvait à manger que le quart de son sou[1],
Et Rodilard passait, chez la gent misérable,
Non pour un chat, mais pour un diable.
Or un jour qu'au haut et au loin
Le galand alla chercher femme,
Pendant tout le sabbat qu'il fit avec sa dame,
Le demeurant des Rats tint chapitre[2] en un coin
Sur la nécessité présente.
Dès l'abord, leur Doyen, personne fort prudente,
Opina qu'il fallait, et plus tôt que plus tard,
Attacher un grelot au cou de Rodilard ;
Qu'ainsi, quand il irait en guerre,
De sa marche avertis, ils s'enfuiraient en terre ;
Qu'il n'y savait que ce moyen.
Chacun fut de l'avis de Monsieur le Doyen :
Chose ne leur parut à tous plus salutaire.
La difficulté fut d'attacher le grelot.
L'un dit : « Je n'y vas point, je ne suis pas si sot » ;
L'autre : « Je ne saurais. » Si bien que sans rien faire

1. Saoul.

2. Assemblée des moines d'un couvent ou des chanoines d'une cathédrale.

On se quitta. J'ai maints chapitres vus,
Qui pour néant se sont ainsi tenus ;
Chapitres, non de rats, mais chapitres de moines,
Voire chapitres de chanoines[1].
Ne faut-il que délibérer,
La cour en conseillers foisonne ;
Est-il besoin d'exécuter,
L'on ne rencontre plus personne.

III

LE LOUP PLAIDANT CONTRE LE RENARD PAR-DEVANT LE SINGE

Un Loup disait que l'on l'avait volé ;
Un Renard, son voisin, d'assez mauvaise vie,
Pour ce prétendu vol par lui fut appelé.
Devant le Singe il fut plaidé,
Non point par avocats, mais par chaque partie.
Thémis* n'avait point travaillé,
De mémoire de singe, à fait plus embrouillé.
Le magistrat suait en son lit de justice[2].
Après qu'on eut bien contesté,
Répliqué, crié, tempêté,
Le juge, instruit de leur malice,
Leur dit : « Je vous connais de longtemps, mes amis,
Et tous deux vous paierez l'amende ;
Car toi, Loup, tu te plains, quoiqu'on ne t'ait rien pris ;
Et toi, Renard, as pris ce que l'on te demande. »
Le juge prétendait qu'à tort et à travers
On ne saurait manquer, condamnant un pervers.

1. Dignitaires ecclésiastiques.
2. Lit à dais du magistrat, par extension séance où il rend justice.

IV

LES DEUX TAUREAUX ET UNE GRENOUILLE

Deux Taureaux combattaient à qui posséderait
Une Génisse avec l'empire.
Une Grenouille en soupirait.
« Qu'avez-vous ? » se mit à lui dire
Quelqu'un du peuple croassant.
« Et ne voyez-vous pas, dit-elle,
Que la fin de cette querelle
Sera l'exil de l'un ; que l'autre, le chassant,
Le fera renoncer aux campagnes fleuries ?
Il ne régnera plus sur l'herbe des prairies,
Viendra dans nos marais régner sur les roseaux ;
Et nous foulant aux pieds jusques au fond des eaux,
Tantôt l'une, et puis l'autre, il faudra qu'on pâtisse
Du combat qu'a causé Madame la Génisse. »
Cette crainte était de bon sens.
L'un des Taureaux en leur demeure
S'alla cacher à leurs dépens :
Il en écrasait vingt par heure.

Hélas ! on voit que de tout temps
Les petits ont pâti des sottises des grands.

V

LA CHAUVE-SOURIS ET LES DEUX BELETTES
[Ésope]

Une Chauve-Souris donna tête baissée
Dans un nid de Belette ; et sitôt qu'elle y fut,
L'autre, envers les souris de longtemps courroucée,
Pour la dévorer accourut.
« Quoi ? vous osez, dit-elle, à mes yeux vous produire,

Après que votre race a tâché de me nuire !
N'êtes-vous pas souris ? Parlez sans fiction.
Oui, vous l'êtes, ou bien je ne suis pas belette.
    — Pardonnez-moi, dit la pauvrette,
    Ce n'est pas ma profession.
Moi souris ! Des méchants vous ont dit ces nouvelles.
    Grâce à l'auteur de l'univers,
    Je suis oiseau ; voyez mes ailes :
    Vive la gent qui fend les airs ! »
    Sa raison plut, et sembla bonne.
    Elle fait si bien qu'on lui donne
    Liberté de se retirer.
    Deux jours après, notre étourdie
    Aveuglément se va fourrer
Chez une autre Belette, aux oiseaux ennemie.
La voilà derechef en danger de sa vie.
La dame du logis avec son long museau
S'en allait la croquer en qualité d'oiseau,
Quand elle protesta qu'on lui faisait outrage :
« Moi, pour telle passer ! Vous n'y regardez pas.
    Qui fait l'oiseau ? c'est le plumage.
    Je suis souris : vivent les rats !
    Jupiter confonde les chats !... »
    Par cette adroite repartie
    Elle sauva deux fois sa vie.

Plusieurs se sont trouvés qui, d'écharpe changeants,
Aux dangers, ainsi qu'elle, ont souvent fait la figue[1] ;
    Le sage dit, selon les gens :
    « Vive le Roi ! vive la ligue[2] ! »

1. Geste obscène de la main, fait pour conjurer le mauvais sort.

2. Allusion aux guerres de religion où la ligue, confédération de nobles catholiques, menée par les Guise, s'opposait au Roi de France.

VI

L'OISEAU BLESSÉ D'UNE FLÈCHE
[Ésope]

Mortellement atteint d'une flèche empennée[1],
Un Oiseau déplorait sa triste destinée,
Et disait, en souffrant un surcroît de douleur :
« Faut-il contribuer à son propre malheur !
Cruels humains ! vous tirez de nos ailes
De quoi faire voler ces machines mortelles.
Mais ne vous moquez point, engeance sans pitié :
Souvent il vous arrive un sort comme le nôtre.
Des enfants de Japet* toujours une moitié
Fournira des armes à l'autre. »

VII

LA LICE ET SA COMPAGNE

Une Lice[2] étant sur son terme[3],
Et ne sachant où mettre un fardeau si pressant,
Fait si bien qu'à la fin sa Compagne consent
De lui prêter sa hutte, où la Lice s'enferme.
Au bout de quelque temps sa Compagne revient.
La Lice lui demande encore une quinzaine ;
Ses petits ne marchaient, disait-elle, qu'à peine.
Pour faire court, elle l'obtient.
Ce second terme échu, l'autre lui redemande
Sa maison, sa chambre, son lit.
La Lice cette fois montre les dents, et dit :
« Je suis prête à sortir avec toute ma bande,

1. Garnie de plumes.
2. Femelle de chien de chasse.
3. Près de mettre bas.

Si vous pouvez nous mettre hors. »
Ses enfants étaient déjà forts.
Ce qu'on donne aux méchants, toujours on le regrette.
Pour tirer d'eux ce qu'on leur prête,
Il faut que l'on en vienne aux coups ;
Il faut plaider, il faut combattre.
Laissez-leur prendre un pied chez vous,
Ils en auront bientôt pris quatre.

VIII

L'AIGLE ET L'ESCARBOT[1]

[Ésope]

L'Aigle[2] donnait la chasse à maître Jean Lapin,
Qui droit à son terrier s'enfuyait au plus vite.
Le trou de l'Escarbot se rencontre en chemin.
Je laisse à penser si ce gîte
Était sûr ; mais où mieux ? Jean Lapin s'y blottit.
L'Aigle fondant sur lui nonobstant cet asile,
L'Escarbot intercède, et dit :
« Princesse des oiseaux, il vous est fort facile
D'enlever malgré moi ce pauvre malheureux ;
Mais ne me faites pas cet affront, je vous prie ;
Et puisque Jean Lapin vous demande la vie,
Donnez-la-lui, de grâce, ou l'ôtez à tous deux :
C'est mon voisin, c'est mon compère. »
L'oiseau de Jupiter, sans répondre un seul mot,
Choque de l'aile l'Escarbot,
L'étourdit, l'oblige à se taire,
Enlève Jean Lapin. L'Escarbot indigné
Vole au nid de l'oiseau, fracasse, en son absence,

1. Bousier, scarabée qui roule les excréments des animaux.
2. Ici, l'oiseau est de genre et de sexe féminins.

Ses œufs, ses tendres œufs, sa plus douce espérance :
Pas un seul ne fut épargné.
L'Aigle étant de retour, et voyant ce ménage,
Remplit le ciel de cris ; et pour comble de rage,
Ne sait sur qui venger le tort qu'elle a souffert.
Elle gémit en vain : sa plainte au vent se perd.
Il fallut pour cet an vivre en mère affligée.
L'an suivant, elle mit son nid en lieu plus haut.
L'Escarbot prend son temps, fait faire aux œufs le saut :
La mort de Jean Lapin derechef est vengée.
Ce second deuil fut tel, que l'écho de ces bois
N'en dormit de plus de six mois.
L'oiseau qui porte Ganymède*
Du monarque des Dieux enfin implore l'aide,
Dépose en son giron ses œufs, et croit qu'en paix
Ils seront dans ce lieu ; que pour ses intérêts
Jupiter se verra contraint de les défendre :
Hardi qui les irait là prendre.
Aussi ne les y prit-on pas.
Leur ennemi changea de note,
Sur la robe du dieu fit tomber une crotte :
Le dieu la secouant jeta les œufs à bas.
Quand l'Aigle sut l'inadvertance,
Elle menaça Jupiter
D'abandonner sa cour, d'aller vivre au désert,
De quitter toute dépendance.
Avec mainte autre extravagance.
Le pauvre Jupiter se tut :
Devant son tribunal l'Escarbot comparut,
Fit sa plainte, et conta l'affaire.
On fit entendre à l'Aigle enfin qu'elle avait tort.
Mais les deux ennemis ne voulant point d'accord,
Le monarque des Dieux s'avisa, pour bien faire,
De transporter le temps où l'Aigle fait l'amour
En une autre saison, quand la race escarbote

Est en quartier d'hiver, et, comme la marmotte,
Se cache et ne voit point le jour.

IX

LE LION ET LE MOUCHERON
[Ésope]

« Va-t'en, chétif insecte, excrément de la terre ! »
C'est en ces mots que le Lion
Parlait un jour au Moucheron.
L'autre lui déclara la guerre.
« Penses-tu, lui dit-il, que ton titre de roi
Me fasse peur ni me soucie ?
Un bœuf est plus puissant que toi :
Je le mène à ma fantaisie. »
À peine il achevait ces mots
Que lui-même il sonna la charge,
Fut le trompette et le héros.
Dans l'abord il se met au large ;
Puis prend son temps, fond sur le cou
Du Lion, qu'il rend presque fou.
Le quadrupède écume, et son œil étincelle ;
Il rugit ; on se cache, on tremble à l'environ ;
Et cette alarme universelle
Est l'ouvrage d'un moucheron.
Un avorton de mouche en cent lieux le harcelle :
Tantôt pique l'échine, et tantôt le museau,
Tantôt entre au fond du naseau.
La rage alors se trouve à son faîte montée.
L'invisible ennemi triomphe, et rit de voir
Qu'il n'est griffe ni dent en la bête irritée
Qui de la mettre en sang ne fasse son devoir.
Le malheureux Lion se déchire lui-même,

Fait résonner sa queue à l'entour de ses flancs,
Bat l'air, qui n'en peut mais ; et sa fureur extrême
Le fatigue, l'abat : le voilà sur les dents.
L'insecte du combat se retire avec gloire :
Comme il sonna la charge, il sonne la victoire,
Va partout l'annoncer, et rencontre en chemin
L'embuscade d'une araignée ;
Il y rencontre aussi sa fin.

Quelle chose par là nous peut être enseignée ?
J'en vois deux, dont l'une est qu'entre nos ennemis
Les plus à craindre sont souvent les plus petits ;
L'autre, qu'aux grands périls tel a pu se soustraire,
Qui périt pour la moindre affaire.

X

L'ÂNE CHARGÉ D'ÉPONGES, ET L'ÂNE CHARGÉ DE SEL
[Ésope]

Un Ânier, son sceptre à la main,
Menait, en empereur romain,
Deux coursiers à longues oreilles.
L'un, d'éponges chargé, marchait comme un courrier[1] ;
L'autre, se faisant prier,
Portait, comme on dit, les bouteilles[2] :
Sa charge était de sel. Nos gaillards pèlerins,
Par monts, par vaux, et par chemins,
Au gué d'une rivière à la fin arrivèrent,
Et fort empêchés se trouvèrent.

1. À toute allure comme les cavaliers chargés de porter le courrier.
2. Marchait avec précaution, comme pour ne rien casser.

L'Ânier, qui tous les jours traversait ce gué-là,
Sur l'Âne à l'éponge monta,
Chassant devant lui l'autre bête,
Qui voulant en faire à sa tête,
Dans un trou se précipita,
Revint sur l'eau, puis échappa ;
Car au bout de quelques nagées,
Tout son sel se fondit si bien
Que le Baudet ne sentit rien
Sur ses épaules soulagées.
Camarade épongier prit exemple sur lui,
Comme un mouton qui va dessus la foi[1] d'autrui.
Voilà mon Âne à l'eau ; jusqu'au col il se plonge,
Lui, le conducteur et l'éponge.
Tous trois burent d'autant : l'Ânier et le Grison
Firent à l'éponge raison[2].
Celle-ci devint si pesante,
Et de tant d'eau s'emplit d'abord,
Que l'Âne succombant ne put gagner le bord.
L'Ânier l'embrassait dans l'attente
D'une prompte et certaine mort.
Quelqu'un vint au secours : qui ce fut, il n'importe ;
C'est assez qu'on ait vu par là qu'il ne faut point
Agir chacun de même sorte.
J'en voulais venir à ce point.

XI

LE LION ET LE RAT
[Ésope + Marot]

Il faut, autant qu'on peut, obliger tout le monde :
On a souvent besoin d'un plus petit que soi.

1. Qui se fie à la parole, à l'exemple d'autrui.
2. Burent autant que l'éponge.

De cette vérité deux fables feront foi,
Tant la chose en preuves abonde.

Entre les pattes d'un Lion
Un Rat sortit de terre assez à l'étourdie.
Le roi des animaux, en cette occasion,
Montra ce qu'il était, et lui donna la vie.
Ce bienfait ne fut pas perdu.
Quelqu'un aurait-il jamais cru
Qu'un lion d'un rat eût affaire ?
Cependant il avint qu'au sortir des forêts
Ce Lion fut pris dans des rets[1],
Dont ses rugissements ne le purent défaire.
Sire Rat accourut, et fit tant par ses dents
Qu'une maille rongée emporta tout l'ouvrage.
Patience et longueur de temps
Font plus que force ni que rage.

XII

LA COLOMBE ET LA FOURMI

[Ésope]

L'autre exemple est tiré d'animaux plus petits.

Le long d'un clair ruisseau buvait une Colombe,
Quand sur l'eau se penchant une Fourmi y tombe.
Et dans cet océan l'on eût vu la Fourmi
S'efforcer, mais en vain, de regagner la rive.
La Colombe aussitôt usa de charité :
Un brin d'herbe dans l'eau par elle étant jeté,
Ce fut un promontoire où la Fourmi arrive.
Elle se sauve ; et là-dessus

1. Filets pour attraper le gibier.

Passe un certain croquant[1] qui marchait les pieds nus.
Ce croquant, par hasard, avait une arbalète.
Dès qu'il voit l'oiseau de Vénus,
Il le croit en son pot, et déjà lui fait fête.
Tandis qu'à le tuer mon villageois s'apprête,
La Fourmi le pique au talon.
Le vilain[2] retourne la tête :
La Colombe l'entend, part, et tire[3] de long.
Le soupé du croquant avec elle s'envole :
Point de Pigeon pour une obole[4].

XIII

L'ASTROLOGUE QUI SE LAISSE TOMBER DANS UN PUITS

[Ésope]

Un Astrologue un jour se laissa choir
Au fond d'un puits. On lui dit : « Pauvre bête,
Tandis qu'à peine à tes pieds tu peux voir,
Penses-tu lire au-dessus de ta tête ? »
Cette aventure en soi, sans aller plus avant,
Peut servir de leçon à la plupart des hommes.
Parmi ce que de gens sur la terre nous sommes,
Il en est peu qui fort souvent
Ne se plaisent d'entendre dire
Qu'au livre du Destin les mortels peuvent lire.
Mais ce livre, qu'Homère* et les siens ont chanté,
Qu'est-ce que le Hasard parmi l'antiquité,
Et parmi nous la Providence ?

1. Paysan pauvre (celui qui n'a pour arme qu'un bâton terminé par un crochet).
2. Paysan, roturier.
3. S'enfuit.
4. Monnaie grecque de peu de valeur.

Or du Hasard il n'est point de science :
S'il en était, on aurait tort
De l'appeler hasard, ni fortune, ni sort,
Toutes choses très incertaines.
Quant aux volontés souveraines
De Celui qui fait tout, et rien qu'avec dessein,
Qui les sait, que lui seul ? Comment lire en son sein ?
Aurait-il imprimé sur le front des étoiles
Ce que la nuit des temps enferme dans ses voiles ?
À quelle utilité ? Pour exercer l'esprit
De ceux qui de la sphère et du globe ont écrit ?
Pour nous faire éviter des maux inévitables ?
Nous rendre, dans les biens, de plaisir incapables ?
Et causant du dégoût pour ces biens prévenus,
Les convertir en maux devant qu'ils soient venus ?
C'est erreur, ou plutôt c'est crime de le croire.
Le firmament se meut, les astres font leur cours,
Le soleil nous luit tous les jours,
Tous les jours sa clarté succède à l'ombre noire,
Sans que nous en puissions autre chose inférer
Que la nécessité de luire et d'éclairer,
D'amener les saisons, de mûrir les semences,
De verser sur les corps certaines influences.
Du reste, en quoi répond au sort toujours divers
Ce train toujours égal dont marche l'Univers ?
Charlatans, faiseurs d'horoscope,
Quittez les cours des princes de l'Europe ;
Emmenez avec vous les souffleurs[1] tout d'un temps :
Vous ne méritez pas plus de foi que ces gens.

Je m'emporte un peu trop : revenons à l'histoire
De ce spéculateur qui fut contraint de boire.
Outre la vanité de son art mensonger,

1. Alchimistes, mis ici dans le même sac que les astrologues et autres charlatans.

C'est l'image de ceux qui bâillent[1] aux chimères,
Cependant qu'ils sont en danger,
Soit pour eux, soit pour leurs affaires.

XIV

LE LIÈVRE ET LES GRENOUILLES
[Ésope]

Un Lièvre en son gîte songeait
(Car que faire en un gîte, à moins que l'on ne songe ?) ;
Dans un profond ennui ce Lièvre se plongeait :
Cet animal est triste, et la crainte le ronge.
« Les gens de naturel peureux
Sont, disait-il, bien malheureux.
Ils ne sauraient manger morceau qui leur profite ;
Jamais un plaisir pur ; toujours assauts divers.
Voilà comme je vis : cette crainte maudite
M'empêche de dormir, sinon les yeux ouverts.
Corrigez-vous, dira quelque sage cervelle.
Et la peur se corrige-t-elle ?
Je crois même qu'en bonne foi
Les hommes ont peur comme moi. »
Ainsi raisonnait notre Lièvre,
Et cependant faisait le guet.
Il était douteux[2], inquiet :
Un souffle, une ombre, un rien, tout lui donnait la fiè-
[vre.
Le mélancolique animal,
En rêvant à cette matière,
Entend un léger bruit : ce lui fut un signal
Pour s'enfuir devers sa tanière.

1. Perdre son temps à rêver la bouche ouverte.
2. Effrayé, tremblant.

Il s'en alla passer sur le bord d'un étang.
Grenouilles aussitôt de sauter dans les ondes ;
Grenouilles de rentrer en leurs grottes profondes.
« Oh ! dit-il, j'en fais faire autant
Qu'on m'en fait faire ! Ma présence
Effraie aussi les gens ! je mets l'alarme au camp !
Et d'où me vient cette vaillance ?
Comment ? des animaux qui tremblent devant moi !
Je suis donc un foudre de guerre[1] !
Il n'est, je le vois bien, si poltron sur la terre
Qui ne puisse trouver un plus poltron que soi. »

XV

LE COQ ET LE RENARD
[Ésope]

Sur la branche d'un arbre était en sentinelle
Un vieux Coq adroit et matois[2].
« Frère, dit un Renard, adoucissant sa voix,
Nous ne sommes plus en querelle.
Paix générale cette fois.
Je viens te l'annoncer ; descends, que je t'embrasse.
Ne me retarde point, de grâce ;
Je dois faire aujourd'hui vingt postes[3] sans manquer.
Les tiens et toi pouvez vaquer,
Sans nulle crainte, à vos affaires ;
Nous vous y servirons en frères.
Faites-en les feux[4] dès ce soir,
Et cependant viens recevoir

1. Un grand capitaine.
2. Rusé.
3. Une poste est la distance entre deux relais pour les chevaux du courrier : deux lieues (9 km environ).
4. Allumez des feux de joie.

Le baiser d'amour fraternelle[1].
— Ami, reprit le Coq, je ne pouvais jamais
Apprendre une plus douce et meilleure nouvelle
Que celle
De cette paix ;
Et ce m'est une double joie
De la tenir de toi. Je vois deux Lévriers,
Qui, je m'assure, sont courriers
Que pour ce sujet on envoie :
Ils vont vite, et seront dans un moment à nous.
Je descends : nous pourrons nous entre-baiser tous.
— Adieu, dit le Renard, ma traite est longue à faire :
Nous nous réjouirons du succès de l'affaire
Une autre fois. » Le galand aussitôt
Tire ses grègues[2], gagne au haut[3],
Mal content de son stratagème.
Et notre vieux Coq en soi-même
Se mit à rire de sa peur ;
Car c'est double plaisir de tromper le trompeur.

XVI

LE CORBEAU VOULANT IMITER L'AIGLE
[Ésope]

L'oiseau de Jupiter enlevant un mouton,
Un Corbeau, témoin de l'affaire,
Et plus faible de reins, mais non pas moins glouton,
En voulut sur l'heure autant faire.
Il tourne à l'entour du troupeau,

1. Le mot « amour » hésite au XVIIe siècle entre masculin et féminin.

2. Fait retraite (les grègues étaient des hauts-de-chausses, culottes qui s'arrêtaient aux genoux).

3. S'enfuit (expression populaire comme la précédente).

Marque entre cent moutons le plus gras, le plus beau,
Un vrai mouton de sacrifice :
On l'avait réservé pour la bouche des Dieux.
Gaillard Corbeau disait, en le couvant des yeux :
« Je ne sais qui fut ta nourrice ;
Mais ton corps me paraît en merveilleux état :
Tu me serviras de pâture. »
Sur l'animal bêlant à ces mots il s'abat.
La moutonnière créature
Pesait plus qu'un fromage, outre que sa toison
Était d'une épaisseur extrême,
Et mêlée à peu près de la même façon
Que la barbe de Polyphème*.
Elle empêtra si bien les serres du Corbeau,
Que le pauvre animal ne put faire retraite.
Le berger vient, le prend, l'encage bien et beau,
Le donne à ses enfants pour servir d'amusette.

Il faut se mesurer, la conséquence est nette :
Mal prend aux volereaux de faire les voleurs.
L'exemple est un dangereux leurre :
Tous les mangeurs de gens ne sont pas grands sei-
[gneurs ;
Où la Guêpe a passé le Moucheron demeure.

XVII

LE PAON SE PLAIGNANT À JUNON*

Le Paon se plaignait à Junon.
« Déesse, disait-il, ce n'est pas sans raison
Que je me plains, que je murmure :
Le chant dont vous m'avez fait don
Déplaît à toute la nature ;
Au lieu qu'un Rossignol, chétive créature,

Forme des sons aussi doux qu'éclatants,
Est lui seul l'honneur du printemps. »
Junon répondit en colère :
« Oiseau jaloux, et qui devrais te taire,
Est-ce à toi d'envier la voix du Rossignol,
Toi que l'on voit porter à l'entour de ton col
Un arc-en-ciel nué[1] de cent sortes de soies ;
Qui te panades[2], qui déploies
Une si riche queue, et qui semble à nos yeux
La boutique d'un lapidaire ?
Est-il quelque oiseau sous les cieux
Plus que toi capable de plaire ?
Tout animal n'a pas toutes propriétés.
Nous vous avons donné diverses qualités :
Les uns ont la grandeur et la force en partage ;
Le Faucon est léger, l'Aigle plein de courage ;
Le Corbeau sert pour le présage ;
La Corneille avertit des malheurs à venir ;
Tous sont contents de leur ramage.
Cesse donc de te plaindre, ou bien, pour te punir,
Je t'ôterai ton plumage. »

XVIII

LA CHATTE MÉTAMORPHOSÉE EN FEMME
[Ésope]

Un Homme chérissait éperdument sa Chatte ;
Il la trouvait mignonne, et belle, et délicate,
Qui miaulait d'un ton fort doux :
Il était plus fou que les fous.
Cet homme donc, par prières, par larmes,

1. Brodé dans un dégradé de couleurs.
2. Qui te pavanes.

Par sortilèges et par charmes,
Fait tant qu'il obtient du Destin
Que sa Chatte, en un beau matin,
Devient femme ; et le matin même,
Maître sot en fait sa moitié.
Le voilà fou d'amour extrême,
De fou qu'il était d'amitié.
Jamais la dame la plus belle
Ne charma tant son favori
Que fait cette épouse nouvelle
Son hypocondre[1] de mari.
Il l'amadoue ; elle le flatte :
Il n'y trouve plus rien de chatte ;
Et, poussant l'erreur jusqu'au bout,
La croit femme en tout et partout :
Lorsque quelques souris qui rongeaient de la natte
Troublèrent le plaisir des nouveaux mariés.
Aussitôt la femme est sur pieds.
Elle manqua son aventure.
Souris de revenir, femme d'être en posture[2] :
Pour cette fois elle accourut à point ;
Car ayant changé de figure,
Les souris ne la craignaient point.
Ce lui fut toujours une amorce,
Tant le naturel a de force.
Il se moque de tout, certain âge accompli.
Le vase est imbibé, l'étoffe a pris son pli.
En vain de son train ordinaire
On le veut désaccoutumer :
Quelque chose qu'on puisse faire,
On ne saurait le réformer.

1. Fou (à l'esprit troublé par la mélancolie).
2. En position.

Coups de fourche ni d'étrivières[1]
Ne lui font changer de manières ;
Et fussiez-vous embâtonnés,
Jamais vous n'en serez les maîtres.
Qu'on lui ferme la porte au nez,
Il reviendra par les fenêtres.

XIX

LE LION ET L'ÂNE CHASSANT

[Ésope]

Le roi des animaux se mit un jour en tête
De giboyer : il célébrait sa fête.
Le gibier du lion, ce ne sont pas moineaux,
Mais beaux et bons sangliers, daims et cerfs bons et [beaux.
Pour réussir dans cette affaire,
Il se servit du ministère
De l'Âne à la voix de Stentor*.
L'Âne à messer[2] Lion fit office de cor.
Le Lion le posta, le couvrit de ramée,
Lui commanda de braire, assuré qu'à ce son
Les moins intimidés fuiraient de leur maison.
Leur troupe n'était pas encore accoutumée
À la tempête de sa voix
L'air en retentissait d'un bruit épouvantable :
La frayeur saisissait les hôtes de ces bois ;
Tous fuyaient, tous tombaient au piège inévitable
Où les attendait le Lion.
« N'ai-je pas bien servi dans cette occasion ?

1. Courroies qui tiennent les étriers et peuvent être utilisées comme fouet.

2. Monsieur, Messire.

Dit l'Âne, en se donnant tout l'honneur de la chasse.
— Oui, reprit le Lion, c'est bravement crié :
Si je ne connaissais ta personne et ta race,
J'en serais moi-même effrayé. »
L'Âne, s'il eût osé, se fût mis en colère,
Encor qu'on le raillât avec juste raison ;
Car qui pourrait souffrir un âne fanfaron ?
Ce n'est pas là leur caractère.

XX

TESTAMENT EXPLIQUÉ PAR ÉSOPE

Si ce qu'on dit d'Ésope est vrai,
C'était l'oracle de la Grèce :
Lui seul avait plus de sagesse
Que tout l'Aréopage*. En voici pour essai
Une histoire des plus gentilles,
Et qui pourra plaire au lecteur.
Un certain homme avait trois filles,
Toutes trois de contraire humeur :
Une buveuse, une coquette,
La troisième, avare parfaite.
Cet homme, par son testament,
Selon les lois municipales,
Leur laissa tout son bien par portions égales,
En donnant à leur mère tant,
Payable quand chacune d'elles
Ne posséderait plus sa contingente part[1].
Le père mort, les trois femelles
Courent au testament, sans attendre plus tard.
On le lit, on tâche d'entendre
La volonté du testateur ;

1. La part qui lui revient.

Mais en vain ; car comment comprendre
Qu'aussitôt que chacune sœur
Ne possédera plus sa part héréditaire,
Il lui faudra payer sa mère ?
Ce n'est pas un fort bon moyen
Pour payer, que d'être sans bien.
Que voulait donc dire le père ?
L'affaire est consultée ; et tous les avocats,
Après avoir tourné le cas
En cent et cent mille manières,
Y jettent leur bonnet[1], se confessent vaincus,
Et conseillent aux héritières
De partager le bien sans songer au surplus.
« Quant à la somme de la veuve,
Voici, leur dirent-ils, ce que le conseil treuve[2] :
Il faut que chaque sœur se charge par traité
Du tiers, payable à volonté,
Si mieux n'aime la mère en créer une rente,
Dès le décès du mort courante. »
La chose ainsi réglée, on composa trois lots :
En l'un, les maisons de bouteille[3],
Les buffets dressés sous la treille,
La vaisselle d'argent, les cuvettes, les brocs,
Les magasins de malvoisie[4],
les esclaves de bouche[5], et pour dire en deux mots,
L'attirail de la goinfrerie ;
Dans un autre, celui de la coquetterie,
La maison de la ville, et les meubles exquis,

1. S'avouent incompétents ; le « bonnet » cité est la toque de l'avocat.

2. Trouve.

3. Petites maisons de plaisance où l'on recevait ses amis pour boire et manger.

4. Vin grec sucré.

5. Les serviteurs qui s'occupent de la cuisine et de la table.

Les eunuques et les coiffeuses,
Et les brodeuses,
Les joyaux, les robes de prix ;
Dans le troisième lot, les fermes, le ménage,
Les troupeaux et le pâturage,
Valets et bêtes de labeur.
Ces lots faits, on jugea que le sort pourrait faire
Que peut-être pas une sœur
N'aurait ce qui lui pourrait plaire.
Ainsi chacune prit son inclination,
Le tout à l'estimation.
Ce fut dans la ville d'Athènes
Que cette rencontre arriva.
Petits et grands, tout approuva
Le partage et le choix : Ésope seul trouva
Qu'après bien du temps et des peines
Les gens avaient pris justement
Le contre-pied du testament.
« Si le défunt vivait, disait-il, que l'Attique
Aurait de reproches de lui !
Comment ? ce peuple, qui se pique
D'être le plus subtil des peuples d'aujourd'hui,
A si mal entendu la volonté suprême
D'un testateur ? » Ayant ainsi parlé,
Il fait le partage lui-même,
Et donne à chaque sœur un lot contre son gré ;
Rien qui pût être convenable,
Partant rien aux sœurs d'agréable :
À la coquette, l'attirail
Qui suit les personnes buveuses ;
La biberonne[1] eut le bétail ;
La ménagère eut les coiffeuses.
Tel fut l'avis du Phrygien,

1. Qui boit avec excès.

Alléguant qu'il n'était moyen
Plus sûr pour obliger ces filles
À se défaire de leur bien ;
Qu'elles se marieraient dans les bonnes familles,
Quand on leur verrait de l'argent ;
Paieraient leur mère tout comptant ;
Ne posséderaient plus les effets de leur père :
Ce que disait le testament.
Le peuple s'étonna comme il se pouvait faire
Qu'un homme seul eût plus de sens
Qu'une multitude de gens.

LIVRE TROISIÈME

I

LE MEUNIER, SON FILS ET L'ÂNE
À M. DE MAUCROIX*

L'invention des arts étant un droit d'aînesse,
Nous devons l'apologue[1] à l'ancienne Grèce ;
Mais ce champ ne se peut tellement moissonner
Que les derniers venus n'y trouvent à glaner.
La feinte[2] est un pays plein de terres désertes ;
Tous les jours nos auteurs y font des découvertes.
Je t'en veux dire un trait assez bien inventé :
Autrefois à Racan* Malherbe l'a conté.
Ces deux rivaux d'Horace*, héritiers de sa lyre,
Disciples d'Apollon*, nos maîtres, pour mieux dire,
Se rencontrant un jour tout seuls et sans témoins
(Comme ils se confiaient leurs pensers et leurs soins),
Racan commence ainsi : « Dites-moi, je vous prie,
Vous qui devez savoir les choses de la vie,
Qui par tous ses degrés avez déjà passé,
Et que rien ne doit fuir en cet âge avancé,
À quoi me résoudrai-je ? Il est temps que j'y pense.
Vous connaissez mon bien, mon talent, ma naissance :
Dois-je dans la province établir mon séjour,

1. La fable.
2. Fiction.

Prendre emploi dans l'armée, ou bien charge à la cour ?
Tout au monde est mêlé d'amertume et de charmes :
La guerre a ses douceurs, l'hymen a ses alarmes.
Si je suivais mon goût, je saurais où buter[1] ;
Mais j'ai les miens, la cour, le peuple à contenter. »
Malherbe là-dessus : « Contenter tout le monde !
Écoutez ce récit avant que je réponde.
J'ai lu dans quelque endroit qu'un Meunier et son Fils,
L'un vieillard, l'autre enfant, non pas des plus petits,
Mais garçon de quinze ans, si j'ai bonne mémoire,
Allaient vendre leur Âne, un certain jour de foire.
Afin qu'il fût plus frais et de meilleur débit,
On lui lia les pieds, on vous le suspendit ;
Puis cet homme et son Fils le portent comme un lustre.
Pauvres gens, idiots, couple ignorant et rustre !
Le premier qui les vit de rire s'éclata :
« Quelle farce, dit-il, vont jouer ces gens-là ?
« Le plus âne des trois n'est pas celui qu'on pense. »
Le Meunier, à ces mots, connaît son ignorance ;
Il met sur pieds sa bête, et la fait détaler.
L'Âne, qui goûtait fort l'autre façon d'aller,
Se plaint en son patois. Le Meunier n'en a cure[2] ;
Il fait monter son Fils, il suit, et d'aventure
Passent trois bons marchands. Cet objet leur déplut.
Le plus vieux au garçon s'écria tant qu'il put :
« Oh là oh, descendez, que l'on ne vous le dise,
« Jeune homme, qui menez laquais à barbe grise !
« C'était à vous de suivre, au vieillard de monter.
— « Messieurs, dit le Meunier, il vous faut contenter. »
L'enfant met pied à terre, et puis le vieillard monte,
Quand trois filles passant, l'une dit : « C'est grand'honte
« Qu'il faille voir ainsi clocher[3] ce jeune fils,

1. Quel but poursuivre.
2. Ne s'en soucie pas.
3. Marcher en boitant.

« Tandis que ce nigaud, comme un évêque assis,
« Fait le veau[1] sur son Âne, et pense être bien sage.
— « Il n'est, dit le Meunier, plus de veaux à mon âge :
« Passez votre chemin, la fille, et m'en croyez. »
Après maints quolibets coup sur coup renvoyés,
L'homme crut avoir tort, et mit son Fils en croupe.
Au bout de trente pas, une troisième troupe
Trouve encore à gloser. L'un dit : « Ces gens sont fous !
« Le Baudet n'en peut plus ; il mourra sous leurs coups.
« Hé quoi ? charger ainsi cette pauvre bourrique !
« N'ont-ils point de pitié de leur vieux domestique ?
« Sans doute qu'à la foire ils vont vendre sa peau.
— « Parbieu ! dit le Meunier, est bien fou du cerveau
« Qui prétend contenter tout le monde et son père.
« Essayons toutefois si par quelque manière
« Nous en viendrons à bout. » Ils descendent tous deux.
L'Âne se prélassant marche seul devant eux.
Un quidam[2] les rencontre, et dit : « Est-ce la mode
« Que Baudet aille à l'aise, et Meunier s'incommode ?
« Qui de l'âne ou du maître est fait pour se lasser ?
« Je conseille à ces gens de le faire enchâsser.
« Ils usent leurs souliers, et conservent leur Âne.
« Nicolas, au rebours ; car, quand il va voir Jeanne,
« Il monte sur sa bête ; et la chanson le dit.
« Beau trio de baudets ! » Le Meunier repartit :
« Je suis âne, il est vrai, j'en conviens, je l'avoue ;
« Mais que dorénavant on me blâme, on me loue,
« Qu'on dise quelque chose ou qu'on ne dise rien,
« J'en veux faire à ma tête. » Il le fit, et fit bien.

Quant à vous, suivez Mars*, ou l'Amour, ou le Prince ;
Allez, venez, courez ; demeurez en province ;
Prenez femme, abbaye, emploi, gouvernement :
Les gens en parleront, n'en doutez nullement.

1. Faire le sot.
2. Un certain individu qu'on ne peut ou veut nommer.

II

LES MEMBRES ET L'ESTOMAC

Je devais par la royauté
Avoir commencé mon ouvrage :
À la voir d'un certain côté,
Messer Gaster[1] en est l'image ;
S'il a quelque besoin, tout le corps s'en ressent.
De travailler pour lui les Membres se lassant,
Chacun d'eux résolut de vivre en gentilhomme,
Sans rien faire, alléguant l'exemple de Gaster.
« Il faudrait, disaient-ils, sans nous qu'il vécût d'air.
Nous suons, nous peinons comme bêtes de somme ;
Et pour qui ? pour lui seul ; nous n'en profitons pas ;
Notre soin n'aboutit qu'à fournir ses repas.
Chommons[2] c'est un métier qu'il veut nous faire [apprendre. »

Ainsi dit, ainsi fait. Les Mains cessent de prendre,
Les Bras d'agir, les Jambes de marcher :
Tous dirent à Gaster qu'il en allât chercher.
Ce leur fut une erreur dont ils se repentirent.
Bientôt les pauvres gens tombèrent en langueur ;
Il ne se forma plus de nouveau sang au cœur ;
Chaque membre en souffrit ; les forces se perdirent.
Par ce moyen, les mutins virent
Que celui qu'ils croyaient oisif et paresseux,
À l'intérêt commun contribuait plus qu'eux.

Ceci peut s'appliquer à la grandeur royale.
Elle reçoit et donne, et la chose est égale.
Tout travaille pour elle, et réciproquement

1. Personnification de l'estomac (nom grec utilisé par Rabelais).
2. Orthographe actuelle « chômons ».

Tout tire d'elle l'aliment.
Elle fait subsister l'artisan de ses peines,
Enrichit le marchand, gage le magistrat,
Maintient le laboureur, donne paie au soldat,
Distribue en cent lieux ses grâces souveraines,
Entretient seule tout l'État.
Menenius* le sut bien dire.
La commune[1] s'allait séparer du sénat.
Les mécontents disaient qu'il avait tout l'empire,
Le pouvoir, les trésors, l'honneur, la dignité ;
Au lieu que tout le mal était de leur côté,
Les tributs, les impôts, les fatigues de guerre.
Le peuple hors des murs était déjà posté,
La plupart s'en allaient chercher une autre terre,
Quand Menenius leur fit voir
Qu'ils étaient aux Membres semblables,
Et par cet apologue, insigne[2] entre les fables,
Les ramena dans leur devoir.

III

LE LOUP DEVENU BERGER

Un Loup, qui commençait d'avoir petite part
Aux brebis de son voisinage,
Crut qu'il fallait s'aider de la peau du renard,
Et faire un nouveau personnage.
Il s'habille en berger, endosse un hoqueton[3],
Fait sa houlette[4] d'un bâton,

1. Le peuple, les plébéiens, qui s'opposent dans cette histoire aux sénateurs, les aristocrates romains. Le Sénat est l'assemblée dirigeante à Rome.
2. Remarquable, bien connu.
3. Gilet long sans manches, vêtement de paysan.
4. Bâton de berger.

Sans oublier la cornemuse.
Pour pousser jusqu'au bout la ruse,
Il aurait volontiers écrit sur son chapeau :
« C'est moi qui suis Guillot, berger de ce troupeau. »
Sa personne étant ainsi faite,
Et ses pieds de devant posés sur sa houlette,
Guillot le sycophante[1] approche doucement.
Guillot, le vrai Guillot, étendu sur l'herbette,
Dormait alors profondément ;
Son chien dormait aussi, comme aussi sa musette[2] :
La plupart des brebis dormaient pareillement.
L'hypocrite les laissa faire ;
Et pour pouvoir mener vers son fort les brebis,
Il voulut ajouter la parole aux habits,
Chose qu'il croyait nécessaire.
Mais cela gâta son affaire :
Il ne put du pasteur contrefaire la voix.
Le ton dont il parla fit retentir les bois,
Et découvrit tout le mystère.
Chacun se réveille à ce son,
Les brebis, le chien, le garçon.
Le pauvre Loup, dans cet esclandre,
Empêché par son hoqueton,
Ne put ni fuir ni se défendre.

Toujours par quelque endroit fourbes se laissent prendre.
Quiconque est loup agisse en loup :
C'est le plus certain de beaucoup.

1. Dénonciateur, délateur ; mais ici, utilisé dans le sens de « menteur ».

2. Cornemuse.

IV

LES GRENOUILLES
QUI DEMANDENT UN ROI
[Ésope]

Les Grenouilles se lassant
De l'état démocratique,
Par leurs clameurs firent tant
Que Jupin les soumit au pouvoir monarchique.
Il leur tomba du ciel un Roi tout pacifique :
Ce Roi fit toutefois un tel bruit en tombant,
Que la gent marécageuse,
Gent fort sotte, et fort peureuse,
S'alla cacher sous les eaux,
Dans les joncs, dans les roseaux,
Dans les trous du marécage,
Sans oser de longtemps regarder au visage
Celui qu'elles croyaient être un géant nouveau.
Or c'était un Soliveau[1],
De qui la gravité fit peur à la première
Qui, de le voir s'aventurant,
Osa bien quitter sa tanière.
Elle approcha, mais en tremblant ;
Une autre la suivit, une autre en fit autant :
Il en vint une fourmilière ;
Et leur troupe à la fin se rendit familière
Jusqu'à sauter sur l'épaule du Roi.
Le bon sire le souffre, et se tient toujours coi.
Jupin en a bientôt la cervelle rompue :
« Donnez-nous, dit ce peuple, un roi qui se remue. »
Le Monarque des Dieux leur envoie une Grue,
Qui les croque, qui les tue,

1. Petite pièce de charpente qui s'appuie sur les poutres et supporte les lattes.

Qui les gobe à son plaisir ;
Et Grenouilles de se plaindre,
Et Jupin de leur dire : « Eh quoi ? votre désir
À ses lois croit-il nous astreindre ?
Vous avez dû premièrement
Garder votre gouvernement ;
Mais ne l'ayant pas fait, il vous devait suffire
Que votre premier roi fût débonnaire et doux :
De celui-ci contentez-vous,
De peur d'en rencontrer un pire. »

V

LE RENARD ET LE BOUC
[Ésope]

Capitaine Renard allait de compagnie
Avec son ami Bouc des plus haut encornés :
Celui-ci ne voyait pas plus loin que son nez ;
L'autre était passé maître en fait de tromperie.
La soif les obligea de descendre en un puits :
Là chacun d'eux se désaltère.
Après qu'abondamment tous deux en eurent pris,
Le Renard dit au Bouc : « Que ferons-nous, compère ?
Ce n'est pas tout de boire, il faut sortir d'ici.
Lève tes pieds en haut, et tes cornes aussi ;
Mets-les contre le mur : le long de ton échine
Je grimperai premièrement ;
Puis sur tes cornes m'élevant,
À l'aide de cette machine,
De ce lieu-ci je sortirai,
Après quoi je t'en tirerai.
— Par ma barbe, dit l'autre, il est bon ; et je loue
Les gens bien sensés comme toi.
Je n'aurais jamais, quant à moi,

Trouvé ce secret, je l'avoue. »
Le Renard sort du puits, laisse son compagnon,
Et vous lui fait un beau sermon
Pour l'exhorter à patience.
« Si le ciel t'eût, dit-il, donné par excellence
Autant de jugement, que de barbe au menton,
Tu n'aurais pas, à la légère,
Descendu dans ce puits. Or adieu : j'en suis hors ;
Tâche de t'en tirer, et fais tous tes efforts ;
Car pour moi, j'ai certaine affaire
Qui ne me permet pas d'arrêter en chemin. »

En toute chose, il faut considérer la fin.

VI

L'AIGLE, LA LAIE ET LA CHATTE

L'Aigle avait ses petits au haut d'un arbre creux,
La Laie au pied, la Chatte entre les deux,
Et sans s'incommoder, moyennant ce partage,
Mères et nourrissons faisaient leur tripotage.
La Chatte détruisit par sa fourbe l'accord ;
Elle grimpa chez l'Aigle, et lui dit : « Notre mort
(Au moins de nos enfants, car c'est tout un aux mères[1])
Ne tardera possible[2] guères.
Voyez-vous à nos pieds fouir incessamment
Cette maudite Laie, et creuser une mine ?
C'est pour déraciner le chêne assurément,
Et de nos nourrissons attirer la ruine :
L'arbre tombant, ils seront dévorés ;
Qu'ils s'en tiennent pour assurés.

1. C'est la même chose pour les mères.
2. Peut-être.

S'il m'en restait un seul, j'adoucirais ma plainte. »
Au partir de ce lieu, qu'elle remplit de crainte,
La perfide descend tout droit
À l'endroit
Où la Laie était en gésine[1].
« Ma bonne amie et ma voisine,
Lui dit-elle tout bas, je vous donne un avis :
L'Aigle, si vous sortez, fondra sur vos petits.
Obligez-moi de n'en rien dire :
Son courroux tomberait sur moi. »
Dans cette autre famille ayant semé l'effroi,
La Chatte en son trou se retire.
L'Aigle n'ose sortir, ni pourvoir aux besoins
De ses petits ; la Laie encore moins :
Sottes de ne pas voir que le plus grand des soins,
Ce doit être celui d'éviter la famine.
À demeurer chez soi l'une et l'autre s'obstine,
Pour secourir les siens dedans l'occasion ;
L'Oiseau royal, en cas de mine ;
La Laie, en cas d'irruption.
La faim détruisit tout ; il ne resta personne
De la gent marcassin et de la gent aiglonne
Qui n'allât de vie à trépas :
Grand renfort pour messieurs les Chats.

Que ne sait point ourdir une langue traîtresse
Par sa pernicieuse adresse !
Des malheurs qui sont sortis
De la boîte de Pandore*,
Celui qu'à meilleur droit tout l'univers abhorre
C'est la fourbe, à mon avis.

1. En train de mettre bas.

VII

L'IVROGNE ET SA FEMME
[Ésope]

Chacun a son défaut, où toujours il revient :
Honte ni peur n'y remédie.
Sur ce propos, d'un conte il me souvient :
Je ne dis rien que je n'appuie
De quelque exemple. Un suppôt de Bacchus*
Altérait sa santé, son esprit, et sa bourse :
Telles gens n'ont pas fait la moitié de leur course
Qu'ils sont au bout de leurs écus.
Un jour que celui-ci, plein du jus de la treille,
Avait laissé ses sens au fond d'une bouteille,
Sa femme l'enferma dans un certain tombeau.
Là les vapeurs du vin nouveau
Cuvèrent à loisir. À son réveil il treuve
L'attirail de la mort à l'entour de son corps,
Un luminaire, un drap des morts.
« Oh ! dit-il, qu'est ceci ? Ma femme est-elle veuve ? »
Là-dessus, son épouse, en habit d'Alecton,
Masquée, et de sa voix contrefaisant le ton,
Vient au prétendu mort, approche de sa bière,
Lui présente un chaudeau[1] propre pour Lucifer.
L'époux alors ne doute en aucune manière
Qu'il ne soit citoyen d'enfer.
« Quelle personne es-tu ? dit-il à ce fantôme.
— La cellerière[2] du royaume
De Satan, reprit-elle : et je porte à manger
À ceux qu'enclôt la tombe noire. »
Le mari repart, sans songer :
« Tu ne leur portes point à boire ? »

1. Bouillon chaud.

2. Religieuse qui s'occupe du cellier, de l'approvisionnement d'un couvent.

VIII

LA GOUTTE ET L'ARAIGNÉE

Quand l'Enfer eut produit la Goutte et l'Araignée,
« Mes filles, leur dit-il, vous pouvez vous vanter
D'être pour l'humaine lignée
Également à redouter.
Or avisons aux lieux qu'il vous faut habiter.
Voyez-vous ces cases étrètes[1],
Et ces palais si grands, si beaux, si bien dorés ?
Je me suis proposé d'en faire vos retraites.
Tenez donc, voici deux bûchettes ;
Accommodez-vous, ou tirez.
— Il n'est rien, dit l'Aragne[2], aux cases qui me plaise. »
L'autre, tout au rebours, voyant les palais pleins
De ces gens nommés médecins,
Ne crut pas y pouvoir demeurer à son aise.
Elle prend l'autre lot, y plante le piquet,
S'étend à son plaisir sur l'orteil d'un pauvre homme,
Disant : « Je ne crois pas qu'en ce poste je chomme,
Ni que d'en déloger et faire mon paquet[3]
Jamais Hippocrate* me somme. »
L'Aragne cependant se campe en un lambris[4],
Comme si de ces lieux elle eût fait bail à vie,
Travaille à demeurer : voilà sa toile ourdie,
Voilà des moucherons de pris.
Une servante vient balayer tout l'ouvrage,
Autre toile tissue, autre coup de balai.
Le pauvre bestion[5] tous les jours déménage.
Enfin, après un vain essai,

1. Étroites.
2. Araignée.
3. Rassembler ses affaires pour déménager.
4. Plafond richement décoré.
5. Bestiole.

Il va trouver la Goutte. Elle était en campagne,
Plus malheureuse mille fois
Que la plus malheureuse aragne.
Son hôte la menait tantôt fendre du bois,
Tantôt fouir, houer[1] : goutte bien tracassée
Est, dit-on, à demi pansée.
« Oh ! je ne saurais plus, dit-elle, y résister.
Changeons, ma sœur l'Aragne. » Et l'autre d'écouter :
Elle la prend au mot, se glisse en la cabane :
Point de coup de balai qui l'oblige à changer.
La Goutte, d'autre part, va tout droit se loger
Chez un prélat, qu'elle condamne
À jamais du lit ne bouger.
Cataplasmes[2], Dieu sait ! Les gens n'ont point de honte
De faire aller le mal toujours de pis en pis.
L'une et l'autre trouva de la sorte son conte[3],
Et fit très sagement de changer de logis.

IX

LE LOUP ET LA CIGOGNE
[Ésope]

Les Loups mangent gloutonnement.
Un Loup donc étant de frairie[4]
Se pressa, dit-on, tellement
Qu'il en pensa perdre la vie :
Un os lui demeura bien avant au gosier.
De bonheur pour ce Loup, qui ne pouvait crier,
Près de là passe une Cigogne.

1. Creuser, puis retourner la terre avec une houe, sorte de pioche.
2. Pâte médicinale appliquée sur la peau pour calmer une inflammation.
3. Compte.
4. Repas de fête.

Il lui fait signe ; elle accourt.
Voilà l'opératrice aussitôt en besogne.
Elle retira l'os ; puis, pour un si bon tour,
Elle demanda son salaire.
« Votre salaire ? dit le Loup :
Vous riez, ma bonne commère[1] !
Quoi ? ce n'est pas encor beaucoup
D'avoir de mon gosier retiré votre cou ?
Allez, vous êtes une ingrate,
Ne tombez jamais sous ma patte. »

X

LE LION ABATTU PAR L'HOMME
[Ésope]

On exposait une peinture
Où l'artisan avait tracé
Un lion d'immense stature
Par un seul homme terrassé.
Les regardants en tiraient gloire.
Un Lion en passant rabattit leur caquet.
« Je vois bien, dit-il, qu'en effet
On vous donne ici la victoire ;
Mais l'ouvrier vous a déçus[2] :
Il avait liberté de feindre.
Avec plus de raison nous aurions le dessus,
Si mes confrères savaient peindre. »

1. Terme familier pour interpeller une amie, une voisine.
2. Trompés.

XI

LE RENARD ET LES RAISINS
[Ésope]

Certain Renard gascon, d'autres disent normand[1],
Mourant presque de faim, vit au haut d'une treille
Des Raisins mûrs apparemment,
Et couverts d'une peau vermeille.
Le galand en eût fait volontiers un repas ;
Mais comme il n'y pouvait atteindre :
« Ils sont trop verts, dit-il, et bons pour des goujats[2]. »
Fit-il pas mieux que de se plaindre ?

XII

LE CYGNE ET LE CUISINIER
[Ésope]

Dans une ménagerie
De volatiles remplie
Vivaient le Cygne et l'Oison :
Celui-là destiné pour les regards du maître ;
Celui-ci, pour son goût ; l'un qui se piquait d'être
Commensal du jardin ; l'autre, de la maison.
Des fossés du château faisant leurs galeries,
Tantôt on les eût vus côte à côte nager,
Tantôt courir sur l'onde, et tantôt se plonger,
Sans pouvoir satisfaire à leurs vaines envies.
Un jour le Cuisinier, ayant trop bu d'un coup,
Prit pour oison le Cygne ; et le tenant au cou,

1. Les Gascons passent alors pour vantards, les Normands pour avares.

2. Valets à l'armée ; par extension hommes de peu, gens sans goût.

Il allait l'égorger, puis le mettre en potage.
L'oiseau, prêt à mourir, se plaint en son ramage.
Le Cuisinier fut fort surpris,
Et vit bien qu'il s'était mépris.
« Quoi ? je mettrais, dit-il, un tel chanteur en soupe !
Non, non, ne plaise aux Dieux que jamais ma main coupe
La gorge à qui s'en sert si bien ! »

Ainsi dans les dangers qui nous suivent en croupe
Le doux parler ne nuit de rien.

XIII

LES LOUPS ET LES BREBIS
[Ésope]

Après mille ans et plus de guerre déclarée,
Les Loups firent la paix avecque les Brebis.
C'était apparemment le bien des deux partis ;
Car si les Loups mangeaient mainte bête égarée,
Les Bergers de leur peau se faisaient maints habits.
Jamais de liberté, ni pour les pâturages,
Ni d'autre part pour les carnages :
Ils ne pouvaient jouir qu'en tremblant de leurs biens.
La paix se conclut donc : on donne des otages ;
Les Loups, leurs Louveteaux ; et les Brebis, leurs [Chiens.
L'échange en étant fait aux formes ordinaires
Et réglé par des commissaires,
Au bout de quelque temps que messieurs les Louvats[1]
Se virent loups parfaits et friands de tuerie,
Ils vous prennent le temps que dans la bergerie
Messieurs les Bergers n'étaient pas,

1. Jeunes loups.

Étranglent la moitié des Agneaux les plus gras,
Les emportent aux dents, dans les bois se retirent.
Ils avaient averti leurs gens secrètement.
Les Chiens, qui, sur leur foi, reposaient sûrement,
Furent étranglés en dormant :
Cela fut sitôt fait qu'à peine ils le sentirent.
Tout fut mis en morceaux ; un seul n'en échappa.

Nous pouvons conclure de là
Qu'il faut faire aux méchants guerre continuelle.
La paix est fort bonne de soi,
J'en conviens ; mais de quoi sert-elle
Avec des ennemis sans foi ?

XIV

LE LION DEVENU VIEUX

Le Lion, terreur des forêts,
Chargé d'ans et pleurant son antique prouesse,
Fut enfin attaqué par ses propres sujets,
Devenus forts par sa faiblesse.
Le Cheval s'approchant lui donne un coup de pied ;
Le Loup, un coup de dent ; le Bœuf, un coup de corne.
Le malheureux Lion, languissant, triste, et morne,
Peut à peine rugir, par l'âge estropié.
Il attend son destin, sans faire aucunes plaintes ;
Quand voyant l'Âne même à son antre accourir :
« Ah ! c'est trop, lui dit-il ; je voulais bien mourir ;
Mais c'est mourir deux fois que souffrir tes atteintes. »

XV

PHILOMÈLE ET PROGNÉ

Autrefois Progné l'hirondelle,
De sa demeure s'écarta,
Et loin des villes s'emporta
Dans un bois où chantait la pauvre Philomèle*.
« Ma sœur, lui dit Progné, comment vous portez-vous ?
Voici tantôt mille ans que l'on ne vous a vue :
Je ne me souviens point que vous soyez venue,
Depuis le temps de Thrace*, habiter parmi nous.
Dites-moi, que pensez-vous faire ?
Ne quitterez-vous point ce séjour solitaire ?
— Ah ! reprit Philomèle, en est-il de plus doux ? »
Progné lui repartit : « Eh quoi ? cette musique,
Pour ne chanter qu'aux animaux,
Tout au plus à quelque rustique ?
Le désert est-il fait pour des talents si beaux ?
Venez faire aux cités éclater leurs merveilles.
Aussi bien, en voyant les bois,
Sans cesse il vous souvient que Térée* autrefois,
Parmi des demeures pareilles,
Exerça sa fureur sur vos divins appas.
— Et c'est le souvenir d'un si cruel outrage
Qui fait, reprit sa sœur, que je ne vous suis pas.
En voyant les hommes, hélas !
Il m'en souvient bien davantage. »

XVI

LA FEMME NOYÉE

Je ne suis pas de ceux qui disent : « Ce n'est rien,
C'est une femme qui se noie. »
Je dis que c'est beaucoup ; et ce sexe vaut bien

Que nous le regrettions, puisqu'il fait notre joie.
Ce que j'avance ici n'est point hors de propos,
Puisqu'il s'agit en cette fable,
D'une femme qui dans les flots
Avait fini ses jours par un sort déplorable.
Son époux en cherchait le corps,
Pour lui rendre, en cette aventure,
Les honneurs de la sépulture.
Il arriva que sur les bords
Du fleuve auteur de sa disgrâce[1]
Des gens se promenaient ignorant l'accident.
Ce mari donc leur demandant
S'ils n'avaient de sa femme aperçu nulle trace :
« Nulle, reprit l'un d'eux ; mais cherchez-la plus bas ;
Suivez le fil de la rivière. »
Un autre repartit : « Non, ne le suivez pas ;
Rebroussez plutôt en arrière
Quelle que soit la pente et l'inclination
Dont l'eau par sa course l'emporte,
L'esprit de contradiction
L'aura fait flotter d'autre sorte. »

Cet homme se raillait assez hors de saison.
Quant à l'humeur contredisante,
Je ne sais s'il avait raison ;
Mais que cette humeur soit ou non
Le défaut du sexe et sa pente,
Quiconque avec elle naîtra
Sans faute avec elle mourra,
Et jusqu'au bout contredira,
Et, s'il peut, encore par-delà.

1. Son malheur.

XVII

LA BELETTE ENTRÉE DANS UN GRENIER
[Ésope]

Damoiselle Belette, au corps long et flouet[1],
Entra dans un grenier par un trou fort étroit :
    Elle sortait de maladie.
    Là, vivant à discrétion,
    La galande[2] fit chère lie[3]
    Mangea, rongea : Dieu sait la vie,
Et le lard qui périt en cette occasion !
    La voilà, pour conclusion,
    Grasse, mafflue[4] et rebondie.
Au bout de la semaine, ayant dîné son soû[5],
Elle entend quelque bruit, veut sortir par le trou,
Ne peut plus repasser, et croit s'être méprise.
    Après avoir fait quelques tours,
« C'est, dit-elle, l'endroit : me voilà bien surprise ;
J'ai passé par ici depuis cinq ou six jours. »
    Un Rat, qui la voyait en peine,
Lui dit : « Vous aviez lors la panse un peu moins pleine.
Vous êtes maigre entrée, il faut maigre sortir.
Ce que je vous dis là, l'on le dit à bien d'autres ;
Mais ne confondons point, par trop approfondir,
    Leurs affaires avec les vôtres. »

1. Fluet.
2. Friponne.
3. Elle a fait bonne chère, repas de fête (lie = joyeuse).
4. Joufflue.
5. Saoul.

XVIII

LE CHAT ET UN VIEUX RAT
[Ésope]

J'ai lu chez un conteur de fables,
Qu'un second Rodilard, l'Alexandre* des chats,
L'Attila*, le fléau des rats,
Rendait ces derniers misérables ;
J'ai lu, dis-je, en certain auteur,
Que ce Chat exterminateur,
Vrai Cerbère*, était craint une lieue à la ronde :
Il voulait de Souris dépeupler tout le monde.
Les planches qu'on suspend sur un léger appui,
La mort-aux-rats, les souricières,
N'étaient que jeux au prix de lui.
Comme il voit que dans leurs tanières
Les Souris étaient prisonnières,
Qu'elles n'osaient sortir, qu'il avait beau chercher,
Le galand fait le mort, et du haut d'un plancher
Se pend la tête en bas : la bête scélérate
À de certains cordons se tenait par la patte.
Le peuple des Souris croit que c'est châtiment,
Qu'il a fait un larcin de rôt ou de fromage,
Égratigné quelqu'un, causé quelque dommage ;
Enfin qu'on a pendu le mauvais garnement.
Toutes, dis-je, unanimement
Se promettent de rire à son enterrement,
Mettent le nez à l'air, montrent un peu la tête,
Puis rentrent dans leurs nids à rats,
Puis ressortant font quatre pas,
Puis enfin se mettent en quête.
Mais voici bien une autre fête :
Le pendu ressuscite ; et sur ses pieds tombant,
Attrape les plus paresseuses.
« Nous en savons plus d'un, dit-il en les gobant :

C'est tour de vieille guerre ; et vos cavernes creuses
Ne vous sauveront pas, je vous en avertis :
Vous viendrez toutes au logis. »
Il prophétisait vrai : notre maître Mitis[1]
Pour la seconde fois les trompe et affine[2],
Blanchit sa robe et s'enfarine ;
Et de la sorte déguisé,
Se niche et se blottit dans une huche[3] ouverte.
Ce fut à lui bien avisé :
La gent trotte-menu s'en vient chercher sa perte.
Un Rat, sans plus, s'abstient d'aller flairer autour :
C'était un vieux routier[4], il savait plus d'un tour ;
Même il avait perdu sa queue à la bataille.
« Ce bloc enfariné ne me dit rien qui vaille,
S'écria-t-il de loin au général des Chats :
Je soupçonne dessous encor quelque machine[5] :
Rien ne te sert d'être farine ;
Car, quand tu serais sac, je n'approcherais pas. »
C'était bien dit à lui ; j'approuve sa prudence :
Il était expérimenté,
Et savait que la méfiance
Est mère de la sûreté.

1. Minet, chat.
2. Rend plus malin, plus fin un sot.
3. Coffre pour ranger pain, provisions ou vêtements.
4. Littéralement, qui connaît les routes ; au sens figuré, homme d'expérience.
5. Ruse, machination.

LIVRE QUATRIÈME

I

LE LION AMOUREUX
[Ésope]

À MADEMOISELLE DE SÉVIGNÉ*

Sévigné, de qui les attraits
Servent aux Grâces* de modèle,
Et qui naquîtes toute belle,
À votre indifférence près,
Pourriez-vous être favorable
Aux jeux innocents d'une fable,
Et voir, sans vous épouvanter,
Un Lion qu'Amour sut dompter ?
Amour est un étrange maître.
Heureux qui peut ne le connaître
Que par récit, lui ni ses coups !
Quand on en parle devant vous,
Si la vérité vous offense,
La fable au moins se peut souffrir :
Celle-ci prend bien l'assurance
De venir à vos pieds s'offrir,
Par zèle et par reconnaissance.

Du temps que les bêtes parlaient,
Les Lions entre autres voulaient

Être admis dans notre alliance.
Pourquoi non ? puisque leur engeance
Valait la nôtre en ce temps-là,
Ayant courage, intelligence,
Et belle hure[1] outre cela.
Voici comment il en alla :
Un Lion de haut parentage,
En passant par un certain pré,
Rencontra bergère à son gré :
Il la demande en mariage.
Le père aurait fort souhaité
Quelque gendre un peu moins terrible.
La donner lui semblait bien dur ;
La refuser n'était pas sûr ;
Même un refus eût fait, possible,
Qu'on eût vu quelque beau matin
Un mariage clandestin ;
Car outre qu'en toute manière
La belle était pour les gens fiers,
Fille[2] se coiffe volontiers
D'amoureux à longue crinière.
Le père donc ouvertement
N'osant renvoyer notre amant,
Lui dit : « Ma fille est délicate ;
Vos griffes la pourront blesser
Quand vous voudrez la caresser.
Permettez donc qu'à chaque patte
On vous les rogne ; et pour les dents,
Qu'on vous les lime en même temps :
Vos baisers en seront moins rudes,
Et pour vous plus délicieux ;
Car ma fille y répondra mieux,
Étant sans ces inquiétudes. »

1. Le mot désigne alors la tête de tous les fauves.
2. S'amourache.

Le Lion consent à cela,
Tant son âme était aveuglée !
Sans dents ni griffes le voilà,
Comme place démantelée.
On lâcha sur lui quelques chiens :
Il fit fort peu de résistance.

Amour, Amour, quand tu nous tiens
On peut bien dire : « Adieu prudence ! »

II

LE BERGER ET LA MER
[Ésope]

Du rapport d'un troupeau, dont il vivait sans soins,
Se contenta longtemps un voisin d'Amphitrite* :
        Si sa fortune était petite,
        Elle était sûre tout au moins.
À la fin, les trésors déchargés sur la plage
Le tentèrent si bien qu'il vendit son troupeau,
Trafiqua de l'argent, le mit entier sur l'eau.
        Cet argent périt par naufrage.
Son maître fut réduit à garder les brebis,
Non plus berger en chef comme il était jadis,
Quand ses propres moutons paissaient sur le rivage :
Celui qui s'était vu Coridon ou Tircis
        Fut Pierrot, et rien davantage.
Au bout de quelque temps il fit quelques profits,
        Racheta des bêtes à laine ;
Et comme un jour les vents, retenant leur haleine,
Laissaient paisiblement aborder les vaisseaux :
« Vous voulez de l'argent, ô Mesdames les Eaux,
Dit-il ; adressez-vous, je vous prie, à quelque autre :
        Ma foi ! vous n'aurez pas le nôtre. »

Ceci n'est pas un conte à plaisir inventé.
Je me sers de la vérité
Pour montrer, par expérience,
Qu'un sou, quand il est assuré,
Vaut mieux que cinq en espérance ;
Qu'il se faut contenter de sa condition ;
Qu'aux conseils de la mer et de l'ambition
Nous devons fermer les oreilles :
Pour un qui s'en louera, dix mille s'en plaindront.
La mer promet monts et merveilles :
Fiez-vous-y ; les vents et les voleurs viendront.

III

LA MOUCHE ET LA FOURMI

La Mouche et la Fourmi contestaient de leur prix.
« Ô Jupiter ! dit la première,
Faut-il que l'amour-propre aveugle les esprits
D'une si terrible manière,
Qu'un vil et rampant animal
À la fille de l'air ose se dire égal !
Je hante les palais, je m'assieds à ta table :
Si l'on t'immole un bœuf, j'en goûte devant toi ;
Pendant que celle-ci, chétive et misérable,
Vit trois jours d'un fétu qu'elle a traîné chez soi.
Mais, ma mignonne, dites-moi,
Vous campez-vous jamais sur la tête d'un roi,
D'un empereur, ou d'une belle ?
Je le fais ; et je baise un beau sein quand je veux ;
Je me joue entre des cheveux ;
Je rehausse d'un teint la blancheur naturelle ;
Et la dernière main que met à sa beauté
Une femme, allant en conquête,

C'est un ajustement des mouches[1] emprunté.
Puis allez-moi rompre la tête
De vos greniers ! – Avez-vous dit[2] ?
Lui répliqua la ménagère.
Vous hantez les palais ; mais on vous y maudit.
Et quant à goûter la première
De ce qu'on sert devant les Dieux,
Croyez-vous qu'il en vaille mieux ?
Si vous entrez partout, aussi font les profanes.
Sur la tête des rois et sur celle des ânes
Vous allez vous planter, je n'en disconviens pas ;
Et je sais que d'un prompt trépas
Cette importunité bien souvent est punie.
Certain ajustement, dites-vous, rend jolie ;
J'en conviens ; il est noir ainsi que vous et moi.
Je veux qu'il ait nom mouche : est-ce un sujet pourquoi
Vous fassiez sonner vos mérites ?
Nomme-t-on pas aussi mouches les parasites ?
Cessez donc de tenir un langage si vain :
N'ayez plus ces hautes pensées,
Les mouches[3] de cour sont chassées ;
Les mouchards sont pendus ; et vous mourrez de faim,
De froid, de langueur, de misère,
Quand Phébus régnera sur un autre hémisphère.
Alors je jouirai du fruit de mes travaux
Je n'irai, par monts ni par vaux,
M'exposer au vent, à la pluie ;
Je vivrai sans mélancolie :
Le soin que j'aurai pris de soin m'exemptera.
Je vous enseignerai par là
Ce que c'est qu'une fausse ou véritable gloire.

1. Les dames posaient sur leur visage ou leur décolleté de petits ronds de taffetas noir pour faire ressortir la blancheur de leur teint.
2. Avez-vous fini de parler.
3. Espions.

Adieu : je perds le temps ; laissez-moi travailler ;
Ni mon grenier, ni mon armoire
Ne se remplit à babiller. »

IV

LE JARDINIER ET SON SEIGNEUR

Un amateur du jardinage,
Demi-bourgeois, demi-manant,
Possédait en certain village
Un jardin assez propre, et le clos attenant.
Il avait de plant vif fermé cette étendue.
Là croissait à plaisir l'oseille et la laitue,
De quoi faire à Margot pour sa fête un bouquet,
Peu de jasmin d'Espagne, et force serpolet.
Cette félicité par un lièvre troublée
Fit qu'au Seigneur du bourg notre homme se plaignit.
« Ce maudit animal vient prendre sa goulée[1]
Soir et matin, dit-il, et des pièges se rit ;
Les pierres, les bâtons y perdent leur crédit :
Il est sorcier, je crois. – Sorcier ? je l'en défie,
Repartit le Seigneur : fût-il diable, Miraut,
En dépit de ses tours, l'attrapera bientôt.
Je vous en déferai, bon homme, sur ma vie.
— Et quand ? – Et dès demain, sans tarder plus long-
[temps. »
La partie ainsi faite, il vient avec ses gens.
« Çà, déjeunons, dit-il : vos poulets sont-ils tendres ?
La fille du logis, qu'on vous voie, approchez :
Quand la marierons-nous ? quand aurons-nous des
[gendres ?
Bon homme, c'est ce coup qu'il faut, vous m'entendez,

1. Se nourrir en prenant des bouchées dans sa gueule.

Qu'il faut fouiller à l'escarcelle[1]. »
Disant ces mots, il fait connaissance avec elle,
Auprès de lui la fait asseoir,
Prend une main, un bras, lève un coin du mouchoir[2],
Toutes sottises dont la belle
Se défend avec grand respect :
Tant qu'au père à la fin cela devient suspect.
Cependant on fricasse, on se rue en cuisine.
« De quand sont vos jambons ? ils ont fort bonne mine.
— Monsieur, ils sont à vous. – Vraiment, dit le Sei-
[gneur,
Je les reçois, et de bon cœur. »
Il déjeune très bien ; aussi fait sa famille,
Chiens, chevaux, et valets, tous gens bien endentés :
Il commande chez l'hôte, y prend des libertés,
Boit son vin, caresse sa fille.
L'embarras des chasseurs succède au déjeuné.
Chacun s'anime et se prépare :
Les trompes et les cors font un tel tintamarre
Que le bonhomme est étonné.
Le pis fut que l'on mit en piteux équipage
Le pauvre potager : adieu planches, carreaux ;
Adieu chicorée et porreaux[3] ;
Adieu de quoi mettre au potage.
Le lièvre était gîté dessous un maître chou.
On le quête ; on le lance[4] : il s'enfuit par un trou,
Non pas trou, mais trouée, horrible et large plaie
Que l'on fit à la pauvre haie
Par ordre du Seigneur ; car il eût été mal
Qu'on n'eût pu du jardin sortir tout à cheval.

1. Bourse, porte-monnaie.
2. Fichu dont les femmes couvraient leur décolleté pour le rendre plus décent.
3. Poireaux.
4. On le fait poursuivre par les chiens.

Le bonhomme disait : « Ce sont là jeux de prince. »
Mais on le laissait dire ; et les chiens et les gens
Firent plus de dégât en une heure de temps
Que n'en auraient fait en cent ans
Tous les lièvres de la province.

Petits princes, videz vos débats entre vous :
De recourir aux rois vous seriez de grands fous.
Il ne les faut jamais engager dans vos guerres,
Ni les faire entrer sur vos terres.

V

L'ÂNE ET LE PETIT CHIEN
[Ésope]

Ne forçons point notre talent,
Nous ne ferions rien avec grâce :
Jamais un lourdaud, quoi qu'il fasse,
Ne saurait passer pour galant.
Peu de gens, que le ciel chérit et gratifie,
Ont le don d'agréer infus[1] avec la vie.
C'est un point qu'il leur faut laisser,
Et ne pas ressembler à l'Âne de la fable,
Qui pour se rendre plus aimable
Et plus cher à son maître, alla le caresser.
« Comment ? disait-il en son âme,
Ce Chien, parce qu'il est mignon,
Vivra de pair[2] à compagnon
Avec Monsieur, avec Madame ;
Et j'aurai des coups de bâton ?
Que fait-il ? il donne la patte ;
Puis aussitôt il est baisé :

1. Inné, naturel.
2. D'égal à égal.

S'il en faut faire autant afin que l'on me flatte,
Cela n'est pas bien malaisé. »
Dans cette admirable pensée,
Voyant son maître en joie, il s'en vient lourdement,
Lève une corne[1] toute usée,
La lui porte au menton fort amoureusement,
Non sans accompagner, pour plus grand ornement,
De son chant gracieux cette action hardie.
« Oh ! Oh ! quelle caresse ! et quelle mélodie !
Dit le maître aussitôt. Holà, Martin-bâton ! »
Martin-bâton accourt : l'Âne change de ton.
Ainsi finit la comédie.

VI

LE COMBAT DES RATS ET DES BELETTES

La nation des Belettes,
Non plus que celle des Chats,
Ne veut aucun bien aux Rats ;
Et sans les portes étrètes
De leurs habitations,
L'animal à longue échine
En ferait, je m'imagine,
De grandes destructions.
Or une certaine année
Qu'il en était à foison,
Leur roi, nommé Ratapon,
Mit en campagne une armée.
Les Belettes, de leur part,
Déployèrent l'étendard.
Si l'on croit la renommée,
La victoire balança :

1. Sabot.

Plus d'un guéret[1] s'engraissa
Du sang de plus d'une bande.
Mais la perte la plus grande
Tomba presque en tous endroits
Sur le peuple souriquois.
Sa déroute fut entière,
Quoi que pût faire Artarpax,
Psicarpax, Méridarpax,
Qui, tout couverts de poussière,
Soutinrent assez longtemps
Les efforts des combattants.
Leur résistance fut vaine ;
Il fallut céder au sort :
Chacun s'enfuit au plus fort,
Tant soldat que capitaine.
Les princes périrent tous.
La racaille, dans des trous
Trouvant sa retraite prête,
Se sauva sans grand travail
Mais les seigneurs sur leur tête
Ayant chacun un plumail,
Des cornes ou des aigrettes,
Soit comme marques d'honneur,
Soit afin que les Belettes
En conçussent plus de peur,
Cela causa leur malheur.
Trou, ni fente, ni crevasse
Ne fut large assez pour eux
Au lieu que la populace
Entrait dans les moindres creux.
La principale jonchée[2].
Fut donc des principaux Rats.
Une tête empanachée

1. Terre labourée laissée en jachère.
2. Grande quantité de cadavres étendus sur le sol.

N'est pas petit embarras.
Le trop superbe équipage
Peut souvent en un passage
Causer du retardement.
Les petits, en toute affaire,
Esquivent fort aisément :
Les grands ne le peuvent faire.

VII

LE SINGE ET LE DAUPHIN
[Ésope]

C'était chez les Grecs un usage
Que sur la mer tous voyageurs
Menaient avec eux en voyage
Singes et chiens de bateleurs[1].
Un navire en cet équipage
Non loin d'Athènes fit naufrage.
Sans les dauphins tout eût péri.
Cet animal est fort ami
De notre espèce : en son histoire
Pline* le dit : il le faut croire.
Il sauva donc tout ce qu'il put.
Même un Singe en cette occurrence,
Profitant de la ressemblance,
Lui pensa devoir son salut :
Un Dauphin le prit pour un homme,
Et sur son dos le fit asseoir
Si gravement qu'on eût cru voir
Ce chanteur que tant on renomme[2].

1. Acrobates, jongleurs, amuseurs qui se produisent sur les foires.
2. Qui jouit d'une telle renommée.

Le Dauphin l'allait mettre à bord,
Quand, par hasard, il lui demande :
« Êtes-vous d'Athènes la grande ?
— Oui, dit l'autre ; on m'y connaît fort :
S'il vous y survient quelque affaire,
Employez-moi ; car mes parents
Y tiennent tous les premiers rangs :
Un mien cousin est juge maire. »
Le Dauphin dit : « Bien grand merci ;
Et Le Pirée a part aussi
À l'honneur de votre présence ?
Vous le voyez souvent, je pense ?
— Tous les jours : il est mon ami ;
C'est une vieille connaissance. »
Notre magot[1] prit, pour ce coup,
Le nom d'un port pour un nom d'homme.
De telles gens il est beaucoup
Qui prendraient Vaugirard pour Rome,
Et qui, caquetant au plus dru[2],
Parlent de tout, et n'ont rien vu.
Le Dauphin rit, tourne la tête,
Et le magot considéré,
Il s'aperçoit qu'il n'a tiré
Du fond des eaux rien qu'une bête.
Il l'y replonge, et va trouver
Quelque homme afin de le sauver.

1. Gros singe.
2. Bavardant à qui mieux mieux.

VIII

L'HOMME ET L'IDOLE DE BOIS
[Ésope]

Certain Païen chez lui gardait un Dieu de bois,
De ces dieux qui sont sourds, bien qu'ayant des [oreilles :
Le Païen cependant s'en promettait merveilles.
Il lui coûtait autant que trois :
Ce n'étaient que vœux et qu'offrandes,
Sacrifices de bœufs couronnés de guirlandes.
Jamais idole, quel qu'il[1] fût,
N'avait eu cuisine si grasse,
Sans que pour tout ce culte à son hôte il échût
Succession, trésor, gain au jeu, nulle grâce.
Bien plus, si pour un sou d'orage en quelque endroit
S'amassait d'une ou d'autre sorte,
L'Homme en avait sa part ; et sa bourse en souffroit :
La pitance du Dieu n'en était pas moins forte.
À la fin, se fâchant de n'en obtenir rien,
Il vous prend un levier, met en pièces l'Idole,
Le trouve rempli d'or. « Quand je t'ai fait du bien,
M'as-tu valu, dit-il, seulement une obole ?
Va, sors de mon logis, cherche d'autres autels
Tu ressembles aux naturels
Malheureux, grossiers et stupides :
On n'en peut rien tirer qu'avecque le bâton.
Plus je te remplissais, plus mes mains étaient vides :
J'ai bien fait de changer de ton. »

1. Idole est ici du genre masculin.

IX

LE GEAI PARÉ DES PLUMES DU PAON

Un Paon muait : un Geai prit son plumage ;
Puis après se l'accommoda ;
Puis parmi d'autres Paons tout fier se panada,
Croyant être un beau personnage.
Quelqu'un le reconnut : il se vit bafoué,
Berné, sifflé, moqué, joué,
Et par Messieurs les Paons plumé d'étrange sorte ;
Même vers ses pareils s'étant réfugié,
Il fut par eux mis à la porte.

Il est assez de geais à deux pieds comme lui,
Qui se parent souvent des dépouilles d'autrui,
Et que l'on nomme plagiaires.
Je m'en tais, et ne veux leur causer nul ennui :
Ce ne sont pas là mes affaires.

X

LE CHAMEAU ET LES BÂTONS FLOTTANTS
[Ésope]

Le premier qui vit un Chameau[1]
S'enfuit à cet objet nouveau ;
Le second approcha ; le troisième osa faire
Un licou pour le Dromadaire.
L'accoutumance ainsi nous rend tout familier :
Ce qui nous paraissait terrible et singulier
S'apprivoise avec notre vue

1. À l'époque de La Fontaine, on ne savait pas bien distinguer chameau et dromadaire.

Quand ce vient à la continue[1].
Et puisque nous voici tombés sur ce sujet,
On avait mis des gens au guet,
Qui voyant sur les eaux de loin certain objet,
Ne purent s'empêcher de dire
Que c'était un puissant navire.
Quelques moments après, l'objet devint brûlot,
Et puis nacelle, et puis ballot,
Enfin bâtons flottants sur l'onde.

J'en sais beaucoup de par le monde
À qui ceci conviendrait bien :
De loin, c'est quelque chose ; et de près, ce n'est rien.

XI

LA GRENOUILLE ET LE RAT
[Ésope]

Tel, comme dit Merlin, cuide engeigner[2] autrui,
Qui souvent s'engeigne soi-même.
J'ai regret que ce mot soit trop vieux aujourd'hui :
Il m'a toujours semblé d'une énergie extrême.
Mais afin d'en venir au dessein que j'ai pris,
Un Rat plein d'embonpoint, gras et des mieux nourris,
Et qui ne connaissait ni l'avent ni le carême[3],
Sur le bord d'un marais égayait ses esprits.
Une Grenouille approche, et lui dit en sa langue :
« Venez me voir chez moi ; je vous ferai festin. »
Messire Rat promit soudain :

1. Quand cela dure, à la longue.
2. Croit tromper (vocabulaire médiéval qui convient à Merlin l'Enchanteur, magicien et conseiller du roi Arthur).
3. Périodes de jeûne qui précèdent les fêtes de Noël et de Pâques.

Il n'était pas besoin de plus longue harangue.
Elle allégua pourtant les délices du bain,
La curiosité, le plaisir du voyage,
Cent raretés à voir le long du marécage :
Un jour il conterait à ses petits-enfants
Les beautés de ces lieux, les mœurs des habitants,
Et le gouvernement de la chose publique
Aquatique.
Un point, sans plus, tenait le galand empêché :
Il nageait quelque peu, mais il fallait de l'aide.
La Grenouille à cela trouve un très bon remède :
Le Rat à son pied par la patte attaché ;
Un brin de jonc en fit l'affaire.
Dans le marais entrés, notre bonne commère
S'efforce de tirer son hôte au fond de l'eau,
Contre le droit des gens, contre la foi jurée ;
Prétend qu'elle en fera gorge-chaude et curée[1] ;
C'était, à son avis, un excellent morceau.
Déjà dans son esprit la galande le croque.
Il atteste les Dieux ; la perfide s'en moque ;
Il résiste ; elle tire. En ce combat nouveau,
Un Milan, qui dans l'air planait, faisait la ronde,
Voit d'en haut le pauvret se débattant sur l'onde.
Il fond dessus, l'enlève, et par même moyen
La Grenouille et le lien.
Tout en fut : tant et si bien,
Que de cette double proie
L'oiseau se donne au cœur joie,
Ayant de cette façon
À souper chair et poisson.
La ruse la mieux ourdie
Peut nuire à son inventeur ;
Et souvent la perfidie
Retourne sur son auteur.

1. Viande encore chaude prise sur le gibier qu'on donne en récompense aux oiseaux de proie ou aux chiens de chasse.

XII

TRIBUT ENVOYÉ PAR LES ANIMAUX À ALEXANDRE

Une fable avait cours parmi l'antiquité,
Et la raison ne m'en est pas connue.
Que le lecteur en tire une moralité ;
Voici la fable toute nue :
La Renommée ayant dit en cent lieux
Qu'un fils de Jupiter, un certain Alexandre,
Ne voulant rien laisser de libre sous les cieux,
Commandait que, sans plus attendre,
Tout peuple à ses pieds s'allât rendre,
Quadrupèdes, humains, éléphants, vermisseaux,
Les républiques des oiseaux ;
La Déesse aux cent bouches, dis-je,
Ayant mis partout la terreur
En publiant l'édit du nouvel empereur,
Les Animaux, et toute espèce lige[1]
De son seul appétit, crurent que cette fois
Il fallait subir d'autres lois.
On s'assemble au désert : tous quittent leur tanière.
Après divers avis, on résout, on conclut
D'envoyer hommage et tribut.
Pour l'hommage et pour la manière,
Le Singe en fut chargé : l'on lui mit par écrit
Ce que l'on voulait qui fût dit.
Le seul tribut les tint en peine :
Car que donner ? il fallait de l'argent.
On en prit d'un prince obligeant,
Qui possédant dans son domaine
Des mines d'or, fournit ce qu'on voulut.
Comme il fut question de porter ce tribut,

1. Vassal de, soumis à (mot féodal).

Le Mulet et l'Âne s'offrirent,
Assistés du Cheval ainsi que du Chameau.
Tous quatre en chemin ils se mirent,
Avec le Singe, ambassadeur nouveau.
La caravane enfin rencontre en un passage
Monseigneur le Lion : cela ne leur plut point.
« Nous nous rencontrons tout à point,
Dit-il ; et nous voici compagnons de voyage.
J'allais offrir mon fait à part ;
Mais bien qu'il soit léger, tout fardeau m'embarrasse.
Obligez-moi de me faire la grâce
Que d'en porter chacun un quart :
Ce ne vous sera pas une charge trop grande,
Et j'en serai plus libre et bien plus en état,
En cas que les voleurs attaquent notre bande,
Et que l'on en vienne au combat. »
Éconduire un Lion rarement se pratique.
Le voilà donc admis, soulagé, bien reçu,
Et malgré le héros de Jupiter issu,
Faisant chère[1] et vivant sur la bourse publique.
Ils arrivèrent dans un pré
Tout bordé de ruisseaux, de fleurs tout diapré,
Où maint mouton cherchait sa vie :
Séjour du frais, véritable patrie
Des Zéphirs. Le Lion n'y fut pas, qu'à ces gens
Il se plaignit d'être malade.
« Continuez votre ambassade,
Dit-il ; je sens un feu qui me brûle au dedans,
Et veux chercher ici quelque herbe salutaire.
Pour vous, ne perdez point de temps :
Rendez-moi mon argent ; j'en puis avoir affaire. »
On déballe ; et d'abord le Lion s'écria,
D'un ton qui témoignait sa joie :

1. Mangeant.

« Que de filles, ô Dieux, mes pièces de monnoie
Ont produites ! Voyez : la plupart sont déjà
Aussi grandes que leurs mères.
Le croît[1] m'en appartient. » Il prit tout là-dessus ;
Ou bien s'il ne prit tout, il n'en demeura guères.
Le Singe et les Sommiers[2] confus,
Sans oser répliquer, en chemin se remirent.
Au fils de Jupiter on dit qu'ils se plaignirent,
Et n'en eurent point de raison[3].
Qu'eût-il fait ? C'eût été lion contre lion ;
Et le proverbe dit : « Corsaires à corsaires,
L'un l'autre s'attaquant, ne font pas leurs affaires. »

XIII

LE CHEVAL S'ÉTANT VOULU VENGER DU CERF

De tout temps les chevaux ne sont nés pour les hommes.
Lorsque le genre humain de gland se contentait,
Âne, cheval, et mule, aux forêts habitait ;
Et l'on ne voyait point, comme au siècle où nous [sommes,
Tant de selles et tant de bâts,
Tant de harnais pour les combats,
Tant de chaises, tant de carrosses
Comme aussi ne voyait-on pas
Tant de festins et tant de noces.
Or un Cheval eut alors différend
Avec un Cerf plein de vitesse

1. L'augmentation de la somme est comparée à celle d'un troupeau grâce aux nouvelles naissances ; la règle voulait que le maître et le métayer se partagent les petits.
2. Bêtes de somme.
3. N'obtinrent pas réparation du dommage reçu.

Et ne pouvant l'attraper en courant,
Il eut recours à l'Homme, implora son adresse.
L'Homme lui mit un frein, lui sauta sur le dos,
Ne lui donna point de repos
Que le Cerf ne fût pris, et n'y laissât la vie ;
Et cela fait, le Cheval remercie
L'Homme son bienfaiteur, disant : « Je suis à vous ;
Adieu : je m'en retourne en mon séjour sauvage.
— Non pas cela, dit l'Homme ; il fait meilleur chez [nous,
Je vois trop quel est votre usage.
Demeurez donc ; vous serez bien traité,
Et jusqu'au ventre en la litière. »
Hélas ! que sert la bonne chère
Quand on n'a pas la liberté ?
Le Cheval s'aperçut qu'il avait fait folie ;
Mais il n'était plus temps ; déjà son écurie
Était prête et toute bâtie.
Il y mourut en traînant son lien :
Sage, s'il eût remis[1] une légère offense.
Quel que soit le plaisir que cause la vengeance,
C'est l'acheter trop cher que l'acheter d'un bien
Sans qui les autres ne sont rien.

XIV

LE RENARD ET LE BUSTE
[Ésope]

Les grands, pour la plupart, sont masques de théâtre ;
Leur apparence impose au vulgaire idolâtre.
L'Âne n'en sait juger que par ce qu'il en voit :
Le Renard, au contraire, à fond les examine,

1. Pardonné.

Les tourne de tout sens ; et quand il s'aperçoit
Que leur fait n'est que bonne mine,
Il leur applique un mot qu'un buste de héros
Lui fit dire fort à propos.
C'était un buste creux, et plus grand que nature.
Le Renard, en louant l'effort de la sculpture :
« Belle tête, dit-il ; mais de cervelle point. »

Combien de grands seigneurs sont bustes en ce point !

XV

LE LOUP, LA CHÈVRE ET LE CHEVREAU
[Ésope]

La Bique, allant remplir sa traînante mamelle,
Et paître l'herbe nouvelle,
Ferma sa porte au loquet,
Non sans dire à son Biquet :
« Gardez-vous, sur votre vie,
D'ouvrir que l'on ne vous die,
Pour enseigne et mot du guet :
« Foin du Loup et de sa race ! »
Comme elle disait ces mots,
Le Loup de fortune[1] passe ;
Il les recueille à propos,
Et les garde en sa mémoire.
La Bique, comme on peut croire,
N'avait pas vu le glouton.
Dès qu'il la voit partie, il contrefait son ton,
Et d'une voix papelarde
Il demande qu'on ouvre, en disant « Foin du Loup ! »
Et croyant entrer tout d'un coup.

1. Par hasard.

Le Biquet soupçonneux par la fente regarde :
« Montrez-moi patte blanche, ou je n'ouvrirai point »,
S'écria-t-il d'abord. Patte blanche est un point
Chez les Loups, comme on sait, rarement en usage.
Celui-ci, fort surpris d'entendre ce langage,
Comme il était venu s'en retourna chez soi.
Où serait le Biquet, s'il eût ajouté foi
Au mot du guet que de fortune
Notre Loup avait entendu ?

Deux sûretés valent mieux qu'une,
Et le trop en cela ne fut jamais perdu.

XVI

LE LOUP, LA MÈRE ET L'ENFANT
[Ésope]

Ce Loup me remet en mémoire
Un de ses compagnons qui fut encor mieux pris :
Il y périt. Voici l'histoire :

Un villageois avait à l'écart son logis.
Messer Loup attendait chape-chute[1] à la porte ;
Il avait vu sortir gibier de toute sorte,
Veaux de lait, agneaux et brebis,
Régiments de dindons, enfin bonne provende[2].
Le larron commençait pourtant à s'ennuyer.
Il entend un Enfant crier :
La Mère aussitôt le gourmande[3],
Le menace s'il ne se tait,

1. Attendait une bonne occasion.
2. Nourriture, provisions.
3. Le gronde.

De le donner au Loup. L'animal se tient prêt,
Remerciant les Dieux d'une telle aventure,
Quand la Mère, apaisant sa chère géniture,
Lui dit « Ne criez point ; s'il vient, nous le tuerons.
— Qu'est ceci ? s'écria le mangeur de moutons :
Dire d'un, puis d'un autre ! Est-ce ainsi que l'on traite
Les gens faits comme moi ? me prend-on pour un sot ?
Que quelque jour ce beau marmot
Vienne au bois cueillir la noisette ! »
Comme il disait ces mots, on sort de la maison :
Un chien de cour l'arrête ; épieux et fourches-fières[1]
L'ajustent de toutes manières.
« Que veniez-vous chercher en ce lieu ? » lui dit-on.
Aussitôt il conta l'affaire.
« Merci de moi ! lui dit la Mère ;
Tu mangeras mon Fils ! L'ai-je fait à dessein
Qu'il assouvisse un jour ta faim ? »
On assomma la pauvre bête.
Un manant lui coupa le pied droit et la tête :
Le seigneur du village à sa porte les mit ;
Et ce dicton picard à l'entour fut écrit :

« Biaux chires Leups, n'écoutez mie
Mère tenchent chen fieux qui crie[2]. »

XVII

PAROLE DE SOCRATE

Socrate* un jour faisant bâtir,
Chacun censurait son ouvrage :

1. Fourches en fer pour retourner le fumier.
2. « Beaux sires loups, ne croyez pas mère qui gronde enfant qui crie. »

L'un trouvait les dedans, pour ne lui point mentir,
Indignes d'un tel personnage ;
L'autre blâmait la face, et tous étaient d'avis
Que les appartements en étaient trop petits.
Quelle maison pour lui ! l'on y tournait à peine.
« Plût au ciel que de vrais amis,
Telle qu'elle est, dit-il, elle pût être pleine ! »

Le bon Socrate avait raison
De trouver pour ceux-là trop grande sa maison.
Chacun se dit ami ; mais fol qui s'y repose :
Rien n'est plus commun que ce nom,
Rien n'est plus rare que la chose.

XVIII

LE VIEILLARD ET SES ENFANTS
[Ésope]

Toute puissance est faible, à moins que d'être unie :
Écoutez là-dessus l'esclave de Phrygie.
Si j'ajoute du mien à son invention,
C'est pour peindre nos mœurs, et non point par envie :
Je suis trop au-dessous de cette ambition.
Phèdre* enchérit souvent par un motif de gloire ;
Pour moi, de tels pensers me seraient malséants.
Mais venons à la fable, ou plutôt à l'histoire
De celui qui tâcha d'unir tous ses enfants.
Un Vieillard prêt d'aller où la mort l'appelait :
« Mes chers Enfants, dit-il (à ses fils il parlait),
Voyez si vous romprez ces dards[1] liés ensemble ;
Je vous expliquerai le nœud qui les assemble. »
L'aîné les ayant pris, et fait tous ses efforts,

1. Javelots.

Les rendit, en disant : « Je le donne aux plus forts. »
Un second lui succède, et se met en posture,
Mais en vain. Un cadet tente aussi l'aventure.
Tous perdirent leur temps ; le faisceau[1] résista :
De ces dards joints ensemble un seul ne s'éclata.
« Faibles gens ! dit le Père, il faut que je vous montre
Ce que ma force peut en semblable rencontre. »
On crut qu'il se moquait ; on sourit, mais à tort :
Il sépare les dards, et les rompt sans effort.
« Vous voyez, reprit-il, l'effet de la concorde :
Soyez joints, mes Enfants, que l'amour vous accorde. »
Tant que dura son mal, il n'eut autre discours.
Enfin se sentant prêt de terminer ses jours :
« Mes chers Enfants, dit-il, je vais où sont nos pères ;
Adieu : promettez-moi de vivre comme frères ;
Que j'obtienne de vous cette grâce en mourant. »
Chacun de ses trois fils l'en assure en pleurant.
Il prend à tous les mains ; il meurt ; et les trois frères
Trouvent un bien fort grand, mais fort mêlé d'affaires.
Un créancier saisit, un voisin fait procès :
D'abord notre trio s'en tire avec succès.
Leur amitié fut courte autant qu'elle était rare.
Le sang les avait joints ; l'intérêt les sépare :
L'ambition, l'envie, avec les consultants,
Dans la succession entrent en même temps.
On en vient au partage, on conteste, on chicane :
Le juge sur cent points tour à tour les condamne.
Créanciers et voisins reviennent aussitôt ;
Ceux-là sur une erreur, ceux-ci sur un défaut.
Les frères désunis sont tous d'avis contraire :
L'un veut s'accommoder, l'autre n'en veut rien faire.
Tous perdirent leur bien, et voulurent trop tard
Profiter de ces dards unis et pris à part.

1. Fagot d'éléments allongés attachés ensemble : baguettes… ou ici javelots.

XIX

L'ORACLE ET L'IMPIE
[Ésope]

Vouloir tromper le ciel, c'est folie à la terre.
Le dédale des cœurs en ses détours n'enserre
Rien qui ne soit d'abord éclairé par les Dieux :
Tout ce que l'homme fait, il le fait à leurs yeux,
Même les actions que dans l'ombre il croit faire.

Un Païen qui sentait quelque peu le fagot[1],
Et qui croyait en Dieu, pour user de ce mot,
Par bénéfice d'inventaire[2],
Alla consulter Apollon.
Dès qu'il fut en son sanctuaire[3] :
« Ce que je tiens, dit-il, est-il en vie ou non ? »
Il tenait un moineau, dit-on,
Prêt d'étouffer la pauvre bête,
Ou de la lâcher aussitôt,
Pour mettre Apollon en défaut.
Apollon reconnut ce qu'il avait en tête :
« Mort ou vif, lui dit-il, montre-nous ton moineau,
Et ne me tends plus de panneau[4] :
Tu te trouverais mal d'un pareil stratagème.
Je vois de loin, j'atteins de même[5]. »

1. Suspect d'hérésie, d'impiété, qui risquerait le bûcher en cas d'Inquisition.

2. Par précaution, sous réserve de vérification (comme un héritier attend les comptes pour savoir ce qu'il aura à payer et à recevoir, et donc si cela vaut la peine d'accepter l'héritage).

3. Peut-être le sanctuaire de Delphes, célèbre dans l'Antiquité pour son oracle.

4. Morceau de filet utilisé pour prendre le gibier, d'où piège.

5. Apollon est armé d'un arc infaillible.

XX

L'AVARE QUI A PERDU SON TRÉSOR
[Ésope]

L'usage seulement fait la possession.
Je demande à ces gens de qui la passion
Est d'entasser toujours, mettre somme sur somme,
Quel avantage ils ont que n'ait pas un autre homme.
Diogène* là-bas est aussi riche qu'eux,
Et l'avare ici-haut comme lui vit en gueux.
L'homme au trésor caché qu'Ésope nous propose,
Servira d'exemple à la chose.
Ce malheureux attendait,
Pour jouir de son bien, une seconde vie ;
Ne possédait pas l'or, mais l'or le possédait.
Il avait dans la terre une somme enfouie,
Son cœur avec, n'ayant autre déduit[1]
Que d'y ruminer[2] jour et nuit,
Et rendre sa chevance[3] à lui-même sacrée.
Qu'il allât ou qu'il vînt, qu'il bût ou qu'il mangeât,
On l'eût pris de bien court, à moins qu'il ne songeât
À l'endroit où gisait cette somme enterrée.
Il y fit tant de tours qu'un fossoyeur le vit,
Se douta du dépôt, l'enleva sans rien dire.
Notre Avare, un beau jour, ne trouva que le nid.
Voilà mon homme aux pleurs : il gémit, il soupire,
Il se tourmente, il se déchire.
Un passant lui demande à quel sujet ses cris.
« C'est mon trésor que l'on m'a pris.
— Votre trésor ? où pris ? – Tout joignant[4] cette pierre.

1. Plaisir.
2. Penser sans cesse.
3. Son capital, sa fortune
4. Juste à côté.

— Eh ! sommes-nous en temps de guerre,
Pour l'apporter si loin ? N'eussiez-vous pas mieux fait
De le laisser chez vous en votre cabinet[1],
Que de le changer de demeure ?
Vous auriez pu sans peine y puiser à toute heure.
— À toute heure, bons Dieux ! ne tient-il qu'à cela ?
L'argent vient-il comme il s'en va ?
Je n'y touchais jamais. – Dites-moi donc, de grâce,
Reprit l'autre, pourquoi vous vous affligez tant,
Puisque vous ne touchiez jamais à cet argent :
Mettez une pierre à la place,
Elle vous vaudra tout autant. »

XXI

L'ŒIL DU MAÎTRE

Un Cerf, s'étant sauvé dans une étable à Bœufs,
Fut d'abord averti par eux
Qu'il cherchât un meilleur asile.
« Mes frères, leur dit-il, ne me décelez[2] pas :
Je vous enseignerai les pâtis[3] les plus gras ;
Ce service vous peut quelque jour être utile,
Et vous n'en aurez point regret. »
Les Bœufs, à toutes fins, promirent le secret.
Il se cache en un coin, respire, et prend courage.
Sur le soir on apporte herbe fraîche et fourrage,
Comme l'on faisait tous les jours :
L'on va, l'on vient, les valets font cent tours,
L'intendant même ; et pas un, d'aventure,
N'aperçut ni corps, ni ramure,

1. Petite pièce où on enferme ses objets de valeur.
2. Dénoncez.
3. Pâturages, herbages.

Ni Cerf enfin. L'habitant des forêts
Rend déjà grâce aux Bœufs, attend dans cette étable
Que chacun retournant au travail de Cérès*,
Il trouve pour sortir un moment favorable.
L'un des Bœufs ruminant lui dit : « Cela va bien ;
Mais quoi ? l'homme aux cent yeux[1] n'a pas fait sa [revue.
Je crains fort pour toi sa venue
Jusque-là, pauvre Cerf, ne te vante de rien. »
Là-dessus le Maître entre, et vient faire sa ronde,
« Qu'est-ceci ? dit-il à son monde.
Je trouve bien peu d'herbe en tous ces râteliers ;
Cette litière est vieille : allez vite aux greniers ;
Je veux voir désormais vos bêtes mieux soignées.
Que coûte-t-il d'ôter toutes ces araignées ?
Ne saurait-on ranger ces jougs et ces colliers ? »
En regardant à tout, il voit une autre tête
Que celles qu'il voyait d'ordinaire en ce lieu.
Le Cerf est reconnu : chacun prend un épieu ;
Chacun donne un coup à la bête.
Ses larmes ne sauraient la sauver du trépas.
On l'emporte, on sale, on en fait maint repas,
Dont maint voisin s'éjouit d'être.

Phèdre sur ce sujet dit fort élégamment :
Il n'est, pour voir, que l'œil du maître.
Quant à moi, j'y mettrais encor l'œil de l'amant.

1. Cette épithète appliquée plaisamment au maître convient normalement à Argus. Ce héros, doté de cent yeux, ne dormant jamais complètement, était considéré comme le modèle de la vigilance.

XXII

L'ALOUETTE ET SES PETITS, AVEC LE MAÎTRE D'UN CHAMP

Ne t'attends[1] qu'à toi seul : c'est un commun proverbe.
Voici comme Ésope le mit
En crédit :
Les alouettes font leur nid
Dans les blés, quand ils sont en herbe,
C'est-à-dire environ le temps
Que tout aime et que tout pullule dans le monde,
Monstres marins au fond de l'onde,
Tigres dans les forêts, alouettes aux champs.
Une pourtant de ces dernières
Avait laissé passer la moitié d'un printemps
Sans goûter le plaisir des amours printanières.
À toute force enfin elle se résolut
D'imiter la nature, et d'être mère encore.
Elle bâtit un nid, pond, couve, et fait éclore,
À la hâte : le tout alla du mieux qu'il put.
Les blés d'alentour mûrs ; avant que la nitée[2]
Se trouvât assez forte encor
Pour voler et prendre l'essor,
De mille soins divers l'Alouette agitée
S'en va chercher pâture, avertit ses enfants
D'être toujours au guet et faire sentinelle.
« Si le possesseur de ces champs
Vient avecque son fils, comme il viendra, dit-elle,
Écoutez bien selon ce qu'il dira,
Chacun de nous décampera. »
Sitôt que l'Alouette eut quitté sa famille,
Le possesseur du champ vient avecque son fils.

1. Ne te fie qu'à toi.
2. Nichée.

« Ces blés sont mûrs, dit-il : allez chez nos amis
Les prier que chacun, apportant sa faucille,
Nous vienne aider demain dès la pointe du jour. »
Notre Alouette de retour
Trouve en alarme sa couvée.
L'un commence : « Il a dit que, l'aurore levée,
L'on fît venir demain ses amis pour l'aider.
— S'il n'a dit que cela, repartit l'Alouette,
Rien ne nous presse encor, de changer de retraite,
Mais c'est demain qu'il faut tout de bon écouter.
Cependant soyez gais ; voilà de quoi manger. »
Eux repus, tout s'endort, les petits et la mère.
L'aube du jour arrive, et d'amis point du tout.
L'Alouette à l'essor, le Maître s'en vient faire
Sa ronde ainsi qu'à l'ordinaire.
« Ces blés ne devraient pas, dit-il, être debout.
Nos amis ont grand tort, et tort qui se repose
Sur de tels paresseux, à servir ainsi lents.
Mon fils, allez chercher nos parents
Les prier de la même chose. »
L'épouvante est au nid plus forte que jamais.
« Il a dit ses parents, mère, c'est à cette heure...
— Non, mes enfants : dormez en paix :
Ne bougeons de notre demeure. »
L'Alouette eut raison ; car personne ne vint.
Pour la troisième fois, le Maître se souvint
De visiter ses blés. « Notre erreur est extrême,
Dit-il, de nous attendre à d'autres gens que nous.
Il n'est meilleur ami ni parent que soi-même.
Retenez bien cela, mon fils. Et savez-vous
Ce qu'il faut faire ? Il faut qu'avec notre famille[1]
Nous prenions dès demain chacun une faucille :
C'est là notre plus court ; et nous achèverons

1. Ensemble des parents et des serviteurs d'une maison (sens latin).

Notre moisson quand nous pourrons. »
Dès lors que ce dessein fut su de l'Alouette :
« C'est ce coup qu'il est bon de partir, mes enfants. »
Et les petits, en même temps,
Voletants, se culebutants,
Délogèrent tous sans trompette.

LIVRE CINQUIÈME

I

LE BÛCHERON ET MERCURE
[Ésope]

À M. L. C. D. B[1].

Votre goût a servi de règle à mon ouvrage :
J'ai tenté les moyens d'acquérir son suffrage.
Vous voulez qu'on évite un soin trop curieux,
Et des vains ornements l'effort ambitieux ;
Je le veux comme vous : cet effort ne peut plaire.
Un auteur gâte tout quand il veut trop bien faire.
Non qu'il faille bannir certains traits délicats :
Vous les aimez, ces traits ; et je ne les hais pas.
Quant au principal but qu'Ésope se propose,
J'y tombe au moins mal que je puis.
Enfin, si dans ces vers je ne plais et n'instruis,
Il ne tient pas à moi ; c'est toujours quelque chose.
Comme la force est un point
Dont je ne me pique point,
Je tâche d'y tourner le vice en ridicule,
Ne pouvant l'attaquer avec des bras d'Hercule*.
C'est là tout mon talent ; je ne sais s'il suffit.
Tantôt je peins en un récit

1. Loménie de Brienne, poète ami de La Fontaine.

La sotte vanité jointe avecque l'envie,
Deux pivots sur qui roule aujourd'hui notre vie :
Tel est ce chétif animal
Qui voulut en grosseur au Bœuf se rendre égal.
J'oppose quelquefois, par une double image,
Le vice à la vertu, la sottise au bon sens,
Les Agneaux aux Loups ravissants[1],
La Mouche à la Fourmi ; faisant de cet ouvrage
Une ample comédie à cent actes divers,
Et dont la scène est l'Univers.
Hommes, dieux, animaux, tout y fait quelque rôle,
Jupiter comme un autre. Introduisons celui
Qui porte de sa part aux Belles la parole :
Ce n'est pas de cela qu'il s'agit aujourd'hui.

Un Bûcheron perdit son gagne-pain,
C'est sa cognée[2] ; et la cherchant en vain,
Ce fut pitié là-dessus de l'entendre.
Il n'avait pas des outils à revendre :
Sur celui-ci roulait tout son avoir.
Ne sachant donc où mettre son espoir,
Sa face était de pleurs toute baignée :
« Ô ma cognée ! ô ma pauvre cognée !
S'écriait-il : Jupiter, rends-la-moi ;
Je tiendrai l'être encore un coup de toi. »
Sa plainte fut de l'Olympe entendue.
Mercure* vient. « Elle n'est pas perdue,
Lui dit ce dieu ; la connaîtras-tu bien ?
Je crois l'avoir près d'ici rencontrée. »
Lors une d'or à l'homme étant montrée,
Il répondit : « Je n'y demande rien. »
Une d'argent succède à la première,
Il la refuse ; enfin une de bois :

1. Qui enlèvent, prennent comme proies les agneaux.
2. Grosse hache pour fendre le bois.

« Voilà, dit-il, la mienne cette fois ;
Je suis content si j'ai cette dernière.
— Tu les auras, dit le Dieu, toutes trois :
Ta bonne foi sera récompensée.
— En ce cas-là je les prendrai », dit-il.
L'histoire en est aussitôt dispersée ;
Et boquillons[1] de perdre leur outil,
Et de crier pour se le faire rendre.
Le roi des Dieux ne sait auquel entendre.
Son fils Mercure aux criards vient encor ;
À chacun d'eux il en montre une d'or.
Chacun eût cru passer pour une bête
De ne pas dire aussitôt : « La voilà ! »
Mercure, au lieu de donner celle-là,
Leur en décharge un grand coup sur la tête.

Ne point mentir, être content du sien,
C'est le plus sûr : cependant on s'occupe
À dire faux pour attraper du bien.
Que sert cela ? Jupiter n'est pas dupe.

II

LE POT DE TERRE ET LE POT DE FER
[Ésope]

Le Pot de fer proposa
Au Pot de terre un voyage.
Celui-ci s'en excusa,
Disant qu'il ferait que sage
De garder le coin du feu :
Car il lui fallait si peu,
Si peu, que la moindre chose

1. Bûcherons.

De son débris[1] serait cause :
Il n'en reviendrait morceau.
« Pour vous, dit-il, dont la peau
Est plus dure que la mienne,
Je ne vois rien qui vous tienne.
— Nous vous mettrons à couvert,
Repartit le Pot de fer :
Si quelque matière dure
Vous menace d'aventure,
Entre deux je passerai,
Et du coup vous sauverai. »
Cette offre le persuade.
Pot de fer son camarade
Se met droit à ses côtés.
Mes gens s'en vont à trois pieds,
Clopin-clopant comme ils peuvent,
L'un contre l'autre jetés
Au moindre hoquet[2] qu'ils treuvent.
Le Pot de terre en souffre ; il n'eut pas fait cent pas
Que par son compagnon il fut mis en éclats,
Sans qu'il eût lieu de se plaindre.

Ne nous associons qu'avecque nos égaux,
Ou bien il nous faudra craindre
Le destin d'un de ces Pots.

III

LE PETIT POISSON ET LE PÊCHEUR
[Ésope]

Petit poisson deviendra grand,
Pourvu que Dieu lui prête vie ;

1. Ruine, casse.
2. Choc, secousse.

Mais le lâcher en attendant,
Je tiens pour moi que c'est folie :
Car de le rattraper il n'est pas trop certain.

Un Carpeau, qui n'était encore que fretin,
Fut pris par un pêcheur au bord d'une rivière.
« Tout fait nombre, dit l'homme en voyant son butin :
Voilà commencement de chère et de festin :
Mettons-le en notre gibecière. »
Le pauvre Carpillon lui dit en sa manière :
« Que ferez-vous de moi ? je ne saurais fournir
Au plus qu'une demi-bouchée
Laissez-moi carpe devenir :
Je serai par vous repêchée ;
Quelque gros partisan[1] m'achètera bien cher :
Au lieu qu'il vous en faut chercher
Peut-être encor cent de ma taille
Pour faire un plat : quel plat ? croyez-moi, rien qui [vaille.
— Rien qui vaille ? Eh bien ! soit, repartit le Pêcheur :
Poisson, mon bel ami, qui faites le prêcheur,
Vous irez dans la poêle ; et vous avez beau dire,
Dès ce soir on vous fera frire. »

Un Tiens vaut, ce dit-on, mieux que deux Tu l'auras :
L'un est sûr, l'autre ne l'est pas.

IV

LES OREILLES DU LIÈVRE

Un animal cornu blessa de quelques coups
Le Lion, qui plein de courroux,

1. Financier qui se charge de percevoir les impôts.

Pour ne plus tomber en la peine,
Bannit des lieux de son domaine
Toute bête portant des cornes à son front.
Chèvres, Béliers, Taureaux aussitôt délogèrent ;
Daims et Cerfs de climat changèrent :
Chacun à s'en aller fut prompt.
Un Lièvre, apercevant l'ombre de ses oreilles,
Craignit que quelque inquisiteur[1]
N'allât interpréter à cornes[2] leur longueur,
Ne les soutînt en tout à des cornes pareilles.
« Adieu, voisin Grillon, dit-il ; je pars d'ici :
Mes oreilles enfin seraient cornes aussi ;
Et quand je les aurais plus courtes qu'une autruche,
Je craindrais même encor. » Le Grillon repartit :
« Cornes cela ? Vous me prenez pour cruche ;
Ce sont oreilles que Dieu fit.
— On les fera passer pour cornes,
Dit l'animal craintif, et cornes de licornes.
J'aurai beau protester ; mon dire et mes raisons
Iront aux Petites-Maisons[3]. »

V

LE RENARD AYANT LA QUEUE COUPÉE
[Ésope]

Un vieux Renard, mais des plus fins,
Grand croqueur de poulets, grand preneur de lapins,
Sentant son renard d'une lieue[4],
Fut enfin au piège attrapé.

1. Juge d'un tribunal religieux poursuivant les hérétiques.
2. Comme des cornes.
3. Hôpital pour les fous créé à Paris en 1557.
4. Mesure de longueur équivalant à 4 km.

Par grand hasard en étant échappé,
Non pas franc[1], car pour gage il y laissa sa queue ;
S'étant, dis-je, sauvé sans queue, et tout honteux,
Pour avoir des pareils (comme il était habile),
Un jour que les Renards tenaient conseil entre eux :
« Que faisons-nous, dit-il, de ce poids inutile,
Et qui va balayant tous les sentiers fangeux ?
Que nous sert cette queue ? Il faut qu'on se la coupe :
Si l'on me croit, chacun s'y résoudra.
— Votre avis est fort bon, dit quelqu'un de la troupe ;
Mais tournez-vous, de grâce, et l'on vous répondra. »
À ces mots il se fit une telle huée,
Que le pauvre écourté ne put être entendu.
Prétendre ôter la queue eût été temps perdu :
La mode en fut continuée.

VI

LA VIEILLE ET LES DEUX SERVANTES
[Ésope]

Il était une Vieille ayant deux chambrières :
Elles filaient si bien que les sœurs filandières[2]
Ne faisaient que brouiller[3] au prix[4] de celles-ci.
La Vieille n'avait point de plus pressant souci
Que de distribuer aux Servantes leur tâche.
Dès que Téthys* chassait Phébus aux crins dorés,
Tourets[5] entraient en jeu, fuseaux étaient tirés ;
Deçà, delà, vous en aurez :
Point de cesse, point de relâche.

1. Libre de droits, qui n'a pas de taxe à payer.
2. Qui préparent les fils (voir Parques*).
3. Embrouiller, emmêler.
4. En comparaison avec.
5. Rouets, dévidoirs pour les fils.

Dès que l'Aurore, dis-je, en son char remontait,
Un misérable Coq à point nommé chantait ;
Aussitôt notre Vieille, encor plus misérable,
S'affublait d'un jupon crasseux et détestable,
Allumait une lampe, et courait droit au lit
Où, de tout leur pouvoir, de tout leur appétit,
Dormaient les deux pauvres Servantes.
L'une entr'ouvrait un œil, l'autre étendait un bras ;
Et toutes deux, très-malcontentes,
Disaient entre leurs dents : « Maudit Coq, tu mourras. »
Comme elles l'avaient dit, la bête fut grippée[1] :
Le réveille-matin eut la gorge coupée.
Ce meurtre n'amenda nullement leur marché[2] :
Notre couple, au contraire, à peine était couché,
Que la Vieille, craignant de laisser passer l'heure,
Courait comme un lutin par toute sa demeure.
C'est ainsi que le plus souvent,
Quand on pense sortir d'une mauvaise affaire,
On s'enfonce encor plus avant :
Témoin ce couple et son salaire.
La Vieille, au lieu du Coq, les fit tomber par là
De Charybde* en Scylla*.

VII

LE SATYRE ET LE PASSANT
[Ésope]

Au fond d'un antre sauvage
Un Satyre et ses enfants
Allaient manger leur potage,
Et prendre l'écuelle aux dents.

1. Attrapée, agrippée.
2. N'arrangea en rien leurs affaires, leur situation.

On les eût vus sur la mousse,
Lui, sa femme, et maint petit :
Ils n'avaient tapis ni housse[1],
Mais tous fort bon appétit.

Pour se sauver de la pluie,
Entre un Passant morfondu.
Au brouet on le convie :
Il n'était pas attendu.

Son hôte n'eut pas la peine
De le semondre[2] deux fois.
D'abord avec son haleine
Il se réchauffe les doigts.

Puis sur le mets qu'on lui donne,
Délicat, il souffle aussi.
Le Satyre s'en étonne :
« Notre hôte, à quoi bon ceci ?

— L'un refroidit mon potage ;
L'autre réchauffe ma main.
— Vous pouvez, dit le Sauvage,
Reprendre votre chemin.

Ne plaise aux Dieux que je couche
Avec vous sous même toit !
Arrière ceux dont la bouche
Souffle le chaud et le froid ! »

1. Couverture.
2. Inviter.

VIII

LE CHEVAL ET LE LOUP
[Ésope]

Un certain Loup, dans la saison
Que les tièdes zéphyrs ont l'herbe rajeunie,
Et que les animaux quittent tous la maison
Pour s'en aller chercher leur vie ;
Un Loup, dis-je, au sortir des rigueurs de l'hiver,
Aperçut un Cheval qu'on avait mis au vert.
Je laisse à penser quelle joie.
« Bonne chasse, dit-il, qui l'aurait à son croc[1] !
Eh ! que n'es-tu mouton ! car tu me serais hoc[2],
Au lieu qu'il faut ruser pour avoir cette proie.
Rusons donc. » Ainsi dit, il vient à pas comptés ;
Se dit écolier d'Hippocrate ;
Qu'il connaît les vertus et les propriétés
De tous les simples[3] de ces prés ;
Qu'il sait guérir, sans qu'il se flatte,
Toutes sortes de maux. Si dom Coursier[4] voulait
Ne point celer sa maladie,
Lui Loup gratis le guérirait ;
Car le voir en cette prairie
Paître ainsi, sans être lié,
Témoignait quelque mal, selon la médecine.
« J'ai, dit la bête chevaline,
Une apostume[5] sous le pied.
— Mon fils, dit le docteur, il n'est point de partie
Susceptible de tant de maux.
J'ai l'honneur de servir Nosseigneurs les Chevaux,

1. Suspendu par un crochet dans son garde-manger.
2. Je serais sûr de réussir mon coup.
3. Plantes ou herbes à propriétés médicinales.
4. Seigneur.
5. Abcès.

Et fais aussi la chirurgie. »
Mon galand ne songeait qu'à bien prendre son temps,
Afin de happer son malade.
L'autre, qui s'en doutait, lui lâche une ruade,
Qui vous lui met en marmelade
Les mandibules et les dents.
« C'est bien fait, dit le Loup en soi-même fort triste ;
Chacun à son métier doit toujours s'attacher.
Tu veux faire ici l'arboriste[1],
Et ne fus jamais que boucher. »

IX

LE LABOUREUR ET SES ENFANTS
[Ésope]

Travaillez, prenez de la peine :
C'est le fonds qui manque le moins.

Un riche Laboureur, sentant sa mort prochaine,
Fit venir ses Enfants, leur parla sans témoins.
« Gardez-vous, leur dit-il, de vendre l'héritage
Que nous ont laissé nos parents :
Un trésor est caché dedans.
Je ne sais pas l'endroit ; mais un peu de courage
Vous le fera trouver : vous en viendrez à bout.
Remuez votre champ dès qu'on aura fait l'oût :
Creusez, fouillez, bêchez ; ne laissez nulle place
Où la main ne passe et repasse. »
Le père mort, les Fils vous retournent le champ,
Deçà, delà, partout : si bien qu'au bout de l'an
Il en rapporta davantage.
D'argent, point de caché. Mais le père fut sage

1. Herboriste.

De leur montrer, avant sa mort,
Que le travail est un trésor.

X

LA MONTAGNE QUI ACCOUCHE

Une Montagne en mal d'enfant
Jetait une clameur si haute,
Que chacun, au bruit accourant,
Crut qu'elle accoucherait sans faute
D'une cité plus grosse que Paris :
Elle accoucha d'une Souris.
Quand je songe à cette fable,
Dont le récit est menteur
Et le sens est véritable,
Je me figure un auteur
Qui dit : « Je chanterai la guerre
Que firent les Titans* au maître du tonnerre. »
C'est promettre beaucoup : mais qu'en sort-il souvent ?
Du vent.

XI

LA FORTUNE ET LE JEUNE ENFANT
[Ésope]

Sur le bord d'un puits très profond
Dormait, étendu de son long,
Un Enfant alors dans ses classes.
Tout est aux écoliers couchette et matelas.
Un honnête homme, en pareil cas,
Aurait fait un saut de vingt brasses[1].

1. Mesure de longueur équivalant à 1,60 m.

Près de là tout heureusement
La Fortune* passa, l'éveilla doucement,
Lui disant : « Mon mignon, je vous sauve la vie ;
Soyez une autre fois plus sage, je vous prie.
Si vous fussiez tombé, l'on s'en fût pris à moi ;
Cependant c'était votre faute.
Je vous demande, en bonne foi,
Si cette imprudence si haute
Provient de mon caprice. » Elle part à ces mots.

Pour moi, j'approuve son propos.
Il n'arrive rien dans le monde
Qu'il ne faille qu'elle en réponde :
Nous la faisons de tous écots[1] ;
Elle est prise à garant de toutes aventures.
Est-on sot, étourdi, prend-on mal ses mesures ;
On pense en être quitte en accusant son sort :
Bref, la Fortune a toujours tort.

XII

LES MÉDECINS

Le médecin Tant-pis allait voir un malade
Que visitait aussi son confrère Tant-mieux.
Ce dernier espérait, quoique son camarade
Soutînt que le gisant irait voir ses aïeux.
Tous deux s'étant trouvés différents pour la cure,
Leur malade paya le tribut à nature,
Après qu'en ses conseils Tant-pis eut été cru.
Ils triomphaient encor sur cette maladie.
L'un disait : « Il est mort ; je l'avais bien prévu.
— S'il m'eût cru, disait l'autre, il serait plein de vie. »

1. Prix à payer pour un service ; « nous estimons qu'elle a à payer pour tout ».

XIII

LA POULE AUX ŒUFS D'OR
[Ésope]

L'avarice perd tout en voulant tout gagner.
Je ne veux, pour le témoigner,
Que celui dont la Poule, à ce que dit la fable,
Pondait tous les jours un œuf d'or.
Il crut que dans son corps elle avait un trésor :
Il la tua, l'ouvrit, et la trouva semblable
À celles dont les œufs ne lui rapportaient rien,
S'étant lui-même ôté le plus beau de son bien.

Belle leçon pour les gens chiches !
Pendant ces derniers temps, combien en a-t-on vus
Qui du soir au matin sont pauvres devenus,
Pour vouloir trop tôt être riches !

XIV

L'ÂNE PORTANT DES RELIQUES
[Ésope]

Un Baudet chargé de reliques
S'imagina qu'on l'adorait :
Dans ce penser il se carrait[1],
Recevant comme siens l'encens et les cantiques.
Quelqu'un vit l'erreur, et lui dit :
« Maître Baudet, ôtez-vous de l'esprit
Une vanité si folle.
Ce n'est pas vous, c'est l'idole,
À qui cet honneur se rend,
Et que la gloire en est due. »

1. Marchait avec assurance, avec un air hautain.

D'un magistrat ignorant
C'est la robe qu'on salue.

XV

LE CERF ET LA VIGNE
[Ésope]

Un Cerf, à la faveur d'une vigne fort haute,
Et telle qu'on en voit en de certains climats,
S'étant mis à couvert et sauvé du trépas,
Les veneurs[1], pour ce coup, croyaient leurs chiens en [faute ;
Ils les rappellent donc. Le Cerf, hors de danger,
Broute sa bienfaitrice : ingratitude extrême !
On l'entend, on retourne, on le fait déloger :
Il vient mourir en ce lieu même.
« J'ai mérité, dit-il, ce juste châtiment :
Profitez-en, ingrats. » Il tombe en ce moment.
La meute en fait curée : il lui fut inutile
De pleurer aux veneurs à sa mort arrivés.
Vraie image de ceux qui profanent l'asile
Qui les a conservés.

XVI

LE SERPENT ET LA LIME
[Ésope)

On conte qu'un Serpent, voisin d'un Horloger
(C'était pour l'Horloger un mauvais voisinage),

1. Responsables des chasses à courre.

Entra dans sa boutique, et cherchant à manger,
N'y rencontra pour tout potage
Qu'une lime d'acier, qu'il se mit à ronger.
Cette Lime lui dit, sans se mettre en colère :
« Pauvre ignorant ! et que prétends-tu faire ?
Tu te prends à plus dur que toi.
Petit Serpent à tête folle,
Plutôt que d'emporter de moi
Seulement le quart d'une obole,
Tu te romprais toutes les dents.
Je ne crains que celles du temps. »

Ceci s'adresse à vous, esprits du dernier ordre,
Qui, n'étant bons à rien, cherchez sur tout à mordre.
Vous vous tourmentez vainement.
Croyez-vous que vos dents impriment leurs outrages
Sur tant de beaux ouvrages ?
Ils sont pour vous d'airain, d'acier, de diamant.

XVII

LE LIÈVRE ET LA PERDRIX

Il ne se faut jamais moquer des misérables :
Car qui peut s'assurer d'être toujours heureux ?
Le sage Ésope dans ses fables
Nous en donne un exemple ou deux.
Celui qu'en ces vers je propose,
Et les siens, ce sont même chose.

Le Lièvre et la Perdrix, concitoyens d'un champ,
Vivaient dans un état, ce semble, assez tranquille,
Quand une meute s'approchant
Oblige le premier à chercher un asile :
Il s'enfuit dans son fort, met les chiens en défaut,

Sans même en excepter Brifaut.
Enfin il se trahit lui-même
Par les esprits[1] sortants de son corps échauffé.
Miraut, sur leur odeur ayant philosophé,
Conclut que c'est son Lièvre, et d'une ardeur extrême
Il le pousse ; et Rustaut, qui n'a jamais menti,
Dit que le Lièvre est reparti.
Le pauvre malheureux vient mourir à son gîte.
La Perdrix le raille, et lui dit :
« Tu te vantais d'être si vite[2] !
Qu'as-tu fait de tes pieds ? » Au moment qu'elle rit,
Son tour vient ; on la trouve. Elle croit que ses ailes
La sauront garantir à toute extrémité ;
Mais la pauvrette avait compté
Sans l'autour[3] aux serres cruelles.

XVIII

L'AIGLE ET LE HIBOU

L'Aigle et le Chat-huant leurs querelles cessèrent,
Et firent tant qu'ils s'embrassèrent.
L'un jura foi de roi, l'autre foi de hibou,
Qu'ils ne se goberaient leurs petits peu ni prou.
« Connaissez-vous les miens ? dit l'oiseau de Minerve.
— Non, dit l'Aigle. – Tant pis, reprit le triste Oiseau :
Je crains en ce cas pour leur peau :
C'est hasard si je les conserve.
Comme vous êtes roi, vous ne considérez
Qui ni quoi : rois et dieux mettent, quoi qu'on leur dise,
Tout en même catégorie.

1. Odeurs.
2. Rapide (ne s'emploie plus aujourd'hui que comme adverbe).
3. Rapace, de la famille de l'épervier.

Adieu mes nourrissons, si vous les rencontrez.
— Peignez-les-moi, dit l'Aigle, ou bien me les mon-
[trez ;
Je n'y toucherai de ma vie. »
Le Hibou repartit : « Mes petits sont mignons,
Beaux, bien faits, et jolis sur tous leurs compagnons :
Vous les reconnaîtrez sans peine à cette marque.
N'allez pas l'oublier ; retenez-la si bien
Que chez moi la maudite Parque.
N'entre point par votre moyen. »
Il avint qu'au Hibou Dieu donna géniture :
De façon qu'un beau soir qu'il était en pâture,
Notre Aigle aperçut d'aventure,
Dans les coins d'une roche dure,
Ou dans les trous d'une masure
(Je ne sais pas lequel des deux),
De petits monstres fort hideux,
Rechignés, un air triste, une voix de Mégère*.
« Ces enfants ne sont pas, dit l'Aigle, à notre ami.
Croquons-les. » Le galand n'en fit pas à demi :
Ses repas ne sont point repas à la légère.
Le Hibou, de retour, ne trouve que les pieds
De ses chers nourrissons, hélas ! pour toute chose.
Il se plaint ; et les Dieux sont par lui suppliés
De punir le brigand qui de son deuil est cause.
Quelqu'un lui dit alors : « N'en accuse que toi,
Ou plutôt la commune loi
Qui veut qu'on trouve son semblable
Beau, bien fait, et sur tous aimable.
Tu fis de tes enfants à l'Aigle ce portrait :
En avaient-ils le moindre trait ? »

XIX

LE LION S'EN ALLANT EN GUERRE

Le Lion dans sa tête avait une entreprise.
Il tint conseil de guerre, envoya ses prévôts[1],
Fit avertir les animaux.
Tous furent du dessein, chacun selon sa guise :
L'Éléphant devait sur son dos
Porter l'attirail nécessaire,
Et combattre à son ordinaire ;
L'Ours, s'apprêter pour les assauts ;
Le Renard, ménager de secrètes pratiques ;
Et le Singe, amuser l'ennemi par ses tours.
« Renvoyez, dit quelqu'un, les Ânes, qui sont lourds,
Et les Lièvres, sujets à des terreurs paniques.
— Point du tout, dit le Roi ; je les veux employer :
Notre troupe sans eux ne serait pas complète.
L'Âne effraiera les gens, nous servant de trompette ;
Et le Lièvre pourra nous servir de courrier. »

Le monarque prudent et sage
De ses moindres sujets sait tirer quelque usage,
Et connaît les divers talents.
Il n'est rien d'inutile aux personnes de sens.

XX

L'OURS ET LES DEUX COMPAGNONS
[Ésope]

Deux Compagnons, pressés d'argent,
À leur voisin fourreur vendirent

1. Agents au service du roi.

La peau d'un Ours encor vivant,
Mais qu'ils tueraient bientôt, du moins à ce qu'ils dirent.
C'était le roi des ours au compte de ces gens.
Le marchand à sa peau devait faire fortune ;
Elle garantirait des froids les plus cuisants ;
On en pourrait fourrer plutôt deux robes qu'une.
Dindenaut[1] prisait moins ses moutons qu'eux leur Ours :
Leur, à leur compte, et non à celui de la bête.
S'offrant de la livrer au plus tard dans deux jours,
Ils conviennent de prix, et se mettent en quête,
Trouvent l'Ours qui s'avance et vient vers eux au trot.
Voilà mes gens frappés comme d'un coup de foudre.
Le marché ne tint pas ; il fallut le résoudre.
D'intérêts contre l'Ours, on n'en dit pas un mot.
L'un des deux Compagnons grimpe au faîte d'un arbre ;
L'autre, plus froid que n'est un marbre,
Se couche sur le nez, fait le mort, tient son vent[2],
Ayant quelque part ouï dire
Que l'ours s'acharne peu souvent
Sur un corps qui ne vit, ne meut, ni ne respire.
Seigneur Ours, comme un sot, donna dans ce panneau ;
Il voit ce corps gisant, le croit privé de vie ;
Et de peur de supercherie,
Le tourne, le retourne, approche son museau,
Flaire aux passages de l'haleine.
« C'est, dit-il, un cadavre ; ôtons-nous, car il sent. »
À ces mots, l'Ours s'en va dans la forêt prochaine.
L'un de nos deux marchands de son arbre descend ;
Court à son compagnon, lui dit que c'est merveille
Qu'il n'ait eu seulement que la peur pour tout mal.
« Eh bien ! ajouta-t-il, la peau de l'animal ?
Mais que t'a-t-il dit à l'oreille ?

1. Marchand qui, dans *Pantagruel*, roman de Rabelais, veut vendre à Panurge son troupeau de moutons.
2. Retient son souffle.

Car il s'approchait de bien près,
Te retournant avec sa serre.
— Il m'a dit qu'il ne faut jamais
Vendre la peau de l'ours qu'on ne l'ait mis par terre. »

XXI

L'ÂNE VÊTU DE LA PEAU DU LION
[Ésope]

De la peau du Lion l'Âne s'étant vêtu,
Était craint partout à la ronde ;
Et bien qu'animal sans vertu,
Il faisait trembler tout le monde.
Un petit bout d'oreille échappé par malheur
Découvrit la fourbe et l'erreur :
Martin[1] fit alors son office.
Ceux qui ne savaient pas la ruse et la malice
S'étonnaient de voir que Martin
Chassât les lions au moulin[2].

Force gens font du bruit en France,
Par qui cet apologue est rendu familier.
Un équipage cavalier[3]
Fait les trois quarts de leur vaillance.

1. L'âne est souvent frappé par Martin-bâton (ici abrégé en Martin).
2. Les ânes servaient à tourner la meule dans les moulins.
3. Habillement distingué, digne d'un jeune noble élégant.

LIVRE SIXIÈME

I

LE PÂTRE ET LE LION
[Ésope]

Les fables ne sont pas ce qu'elles semblent être ;
Le plus simple animal nous y tient lieu de maître.
Une morale nue apporte de l'ennui :
Le conte fait passer le précepte avec lui.
En ces sortes de feinte[1] il faut instruire et plaire,
Et conter pour conter me semble peu d'affaire.
C'est par cette raison qu'égayant leur esprit,
Nombre de gens fameux en ce genre ont écrit.
Tous ont fui l'ornement et le trop d'étendue :
On ne voit point chez eux de parole perdue.
Phèdre était si succinct qu'aucuns[2] l'en ont blâmé ;
Ésope en moins de mots s'est encore exprimé.
Mais sur tous certain Grec[3] renchérit, et se pique
        D'une élégance laconique ;
Il renferme toujours son conte en quatre vers :
Bien ou mal, je le laisse à juger aux experts.
Voyons-le avec Ésope en un sujet semblable :
L'un amène un chasseur, l'autre un pâtre, en sa fable.

1. Fiction, invention poétique.
2. Quelques-uns.
3. Babrias.

J'ai suivi leur projet quant à l'événement,
Y cousant en chemin quelque trait seulement.
Voici comme à peu près Ésope le raconte :

Un Pâtre, à ses brebis trouvant quelque méconte[1],
Voulut à toute force attraper le larron.
Il s'en va près d'un antre, et tend à l'environ
Des lacs à prendre loups, soupçonnant cette engeance.
        « Avant que partir de ces lieux,
Si tu fais, disait-il, ô monarque des Dieux,
Que le drôle à ces lacs se prenne en ma présence,
        Et que je goûte ce plaisir,
        Parmi vingt veaux je veux choisir
        Le plus gras, et t'en faire offrande. »
À ces mots, sort de l'antre un Lion grand et fort ;
Le Pâtre se tapit, et dit, à demi mort :
« Que l'homme ne sait guère, hélas ! ce qu'il demande !
Pour trouver le larron qui détruit mon troupeau
Et le voir en ces lacs pris avant que je parte,
Ô monarque des Dieux, je t'ai promis un veau :
Je te promets un bœuf si tu fais qu'il s'écarte. »

C'est ainsi que l'a dit le principal auteur :
        Passons à son imitateur.

II

LE LION ET LE CHASSEUR

Un fanfaron, amateur de la chasse,
Venant de perdre un chien de bonne race,
Qu'il soupçonnait dans le corps d'un Lion,
Vit un berger : « Enseigne-moi, de grâce,

1. Mécompte.

De mon voleur, lui dit-il, la maison,
Que de ce pas je me fasse raison. »
Le Berger dit : « C'est vers cette montagne.
En lui payant de tribut un mouton
Par chaque mois, j'erre dans la campagne
Comme il me plaît, et je suis en repos. »
Dans le moment qu'ils tenaient ces propos,
Le Lion sort, et vient d'un pas agile.
Le fanfaron aussitôt d'esquiver :
« Ô Jupiter, montre-moi quelque asile,
S'écria-t-il, qui me puisse sauver ! »
La vraie épreuve de courage
N'est que dans le danger que l'on touche du doigt :
Tel le cherchait, dit-il, qui, changeant de langage,
S'enfuit aussitôt qu'il le voit.

III

PHÉBUS ET BORÉE
[Ésope]

Borée* et le Soleil virent un voyageur
Qui s'était muni par bonheur
Contre le mauvais temps. On entrait dans l'automne,
Quand la précaution aux voyageurs est bonne :
Il pleut, le soleil luit, et l'écharpe d'Iris*
Rend ceux qui sortent avertis
Qu'en ces mois le manteau leur est fort nécessaire ;
Les Latins les nommaient douteux[1], pour cette affaire.
Notre homme s'était donc à la pluie attendu :
Bon manteau bien doublé, bonne étoffe bien forte.
« Celui-ci, dit le Vent, prétend avoir pourvu
À tous les accidents ; mais il n'a pas prévu

1. À craindre.

Que je saurai souffler de sorte
Qu'il n'est bouton qui tienne ; il faudra, si je veux,
Que le manteau s'en aille au diable.
L'ébattement[1] pourrait nous en être agréable :
Vous plaît-il de l'avoir ? – Eh bien, gageons nous deux,
Dit Phébus, sans tant de paroles,
À qui plus tôt aura dégarni les épaules
Du Cavalier que nous voyons.
Commencez : je vous laisse obscurcir mes rayons. »
Il n'en fallut pas plus. Notre souffleur à gage
Se gorge de vapeurs, s'enfle comme un ballon,
Fait un vacarme de démon,
Siffle, souffle, tempête, et brise, en son passage,
Maint toit qui n'en peut mais, fait périr maint bateau,
Le tout au sujet d'un manteau.
Le Cavalier eut soin d'empêcher que l'orage
Ne se pût engouffrer dedans ;
Cela le préserva. Le Vent perdit son temps :
Plus il se tourmentait, plus l'autre tenait ferme ;
Il eut beau faire agir le collet et les plis.
Sitôt qu'il fut au bout du terme
Qu'à la gageure on avait mis,
Le Soleil dissipe la nue,
Récrée, et puis pénètre enfin le Cavalier,
Sous son balandras[2] fait qu'il sue,
Le contraint de s'en dépouiller.
Encor n'usa-t-il pas de toute sa puissance.
Plus fait douceur que violence.

1. Le divertissement, l'amusement.
2. Manteau rustique à double épaisseur de tissu.

IV

JUPITER ET LE MÉTAYER

Jupiter eut jadis une ferme[1] à donner.
Mercure en fit l'annonce, et gens se présentèrent,
Firent des offres, écoutèrent :
Ce ne fut pas sans bien tourner ;
L'un alléguait que l'héritage
Était frayant[2] et rude, et l'autre un autre si.
Pendant qu'ils marchandaient ainsi,
Un d'eux, le plus hardi, mais non pas le plus sage,
Promit d'en rendre tant, pourvu que Jupiter
Le laissât disposer de l'air,
Lui donnât saison à sa guise,
Qu'il eût du chaud, du froid, du beau temps, de la bise,
Enfin du sec et du mouillé,
Aussitôt qu'il aurait bâillé.
Jupiter y consent. Contrat passé ; notre homme
Tranche du roi des airs, pleut, vente, et fait en somme
Un climat pour lui seul : ses plus proches voisins
Ne s'en sentaient non plus que les Américains.
Ce fut leur avantage : ils eurent bonne année,
Pleine moisson, pleine vinée[3].
Monsieur le Receveur[4] fût très mal partagé.
L'an suivant, voilà tout changé :
Il ajuste d'une autre sorte
La température des cieux.
Son champ ne s'en trouve pas mieux ;
Celui de ses voisins fructifie et rapporte.

1. Un propriétaire peut donner à ferme (en location) un terrain ou tout un domaine agricole selon deux statuts différents : le fermier le paie en argent, le métayer en nature (part fixée des récoltes).
2. Occasionnant des frais.
3. Récolte de vin.
4. Fermier des terres d'un seigneur.

Que fait-il ? Il recourt au monarque des Dieux,
Il confesse son imprudence.
Jupiter en usa comme un maître fort doux.

Concluons que la Providence
Sait ce qu'il nous faut mieux que nous.

V

LE COCHET, LE CHAT ET LE SOURICEAU

Un Souriceau tout jeune, et qui n'avait rien vu,
Fut presque pris au dépourvu.
Voici comme il conta l'aventure à sa mère :
« J'avais franchi les monts qui bornent cet État,
Et trottais comme un jeune rat
Qui cherche à se donner carrière,
Lorsque deux animaux m'ont arrêté les yeux :
L'un doux, bénin, et gracieux,
Et l'autre turbulent et plein d'inquiétude ;
Il a la voix perçante et rude,
Sur la tête un morceau de chair,
Une sorte de bras dont il s'élève en l'air
Comme pour prendre sa volée,
La queue en panache étalée. »
Or, c'était un Cochet[1] dont notre Souriceau
Fit à sa mère le tableau,
Comme d'un animal venu de l'Amérique.
« Il se battait, dit-il, les flancs avec ses bras,
Faisant tel bruit et tel fracas,
Que moi, qui, grâce aux Dieux, de courage me pique,
En ai pris la fuite de peur,

1. Jeune coq.

Le maudissant de très-bon cœur.
Sans lui j'aurais fait connaissance
Avec cet animal qui m'a semblé si doux :
Il est velouté comme nous,
Marqueté[1], longue queue, une humble contenance,
Un modeste regard, et pourtant l'œil luisant.
Je le crois fort sympathisant
Avec Messieurs les Rats ; car il a des oreilles
En figure aux nôtres pareilles.
Je l'allais aborder, quand d'un son plein d'éclat
L'autre m'a fait prendre la fuite.
— Mon fils, dit la Souris, ce doucet est un Chat,
Qui, sous son minois hypocrite,
Contre toute ta parenté
D'un malin vouloir est porté[2].
L'autre animal, tout au contraire,
Bien éloigné de nous mal faire,
Servira quelque jour peut-être à nos repas.
Quant au Chat, c'est sur nous qu'il fonde sa cuisine.
Garde-toi, tant que tu vivras,
De juger des gens sur la mine. »

VI

LE RENARD, LE SINGE ET LES ANIMAUX
[Ésope]

Les Animaux, au décès d'un Lion,
En son vivant prince de la contrée,
Pour faire un roi s'assemblèrent, dit-on.
De son étui la couronne est tirée :

1. Tacheté.
2. Veut du mal à ta parenté.

Dans une chartre[1] un dragon la gardait.
Il se trouva que, sur tous essayée,
À pas un d'eux elle ne convenait :
Plusieurs avaient la tête trop menue,
Aucuns trop grosse, aucuns même cornue.
Le Singe aussi fit l'épreuve en riant ;
Et par plaisir la tiare essayant,
Il fit autour force grimaceries,
Tours de souplesse, et mille singeries,
Passa dedans ainsi qu'en un cerceau.
Aux Animaux cela sembla si beau,
Qu'il fut élu : chacun lui fit hommage.
Le Renard seul regretta son suffrage,
Sans toutefois montrer son sentiment.
Quand il eut fait son petit compliment,
Il dit au Roi : « Je sais, Sire, une cache,
Et ne crois pas qu'autre que moi la sache.
Or tout trésor, par droit de royauté,
Appartient, Sire, à Votre Majesté. »
Le nouveau roi bâille[2] après la finance ;
Lui-même y court pour n'être pas trompé.
C'était un piège : il y fut attrapé.
Le Renard dit, au nom de l'assistance :
« Prétendrais-tu nous gouverner encor,
Ne sachant pas te conduire toi-même ? »
Il fut démis ; et l'on tomba d'accord
Qu'à peu de gens convient le diadème.

1. Prison ; par extension coffre où l'on enferme des objets précieux.

2. Désire avidement.

VII

LE MULET SE VANTANT DE SA GÉNÉALOGIE
[Ésope]

Le Mulet d'un prélat se piquait de noblesse,
Et ne parlait incessamment
Que de sa mère la Jument,
Dont il contait mainte prouesse :
Elle avait fait ceci, puis avait été là.
Son fils prétendait pour cela.
Qu'on le dût mettre dans l'histoire.
Il eût cru s'abaisser servant un médecin.
Étant devenu vieux, on le mit au moulin :
Son père l'Âne alors lui revint en mémoire.
Quand le malheur ne serait bon
Qu'à mettre un sot à la raison,
Toujours serait-ce à juste cause
Qu'on le dît bon à quelque chose.

VIII

LE VIEILLARD ET L'ÂNE

Un Vieillard sur son Âne aperçut, en passant,
Un pré plein d'herbe et fleurissant :
Il y lâche sa bête, et le Grison se rue
Au travers de l'herbe menue,
Se vautrant, grattant, et frottant,
Gambadant, chantant, et broutant,
Et faisant mainte place nette.
L'ennemi vient sur l'entrefaite.
« Fuyons, dit alors le Vieillard.
— Pourquoi ? répondit le paillard[1].

1. Qui aime à se rouler sur la paille, à prendre ses aises.

Me fera-t-on porter double bât, double charge ?
— Non pas, dit le Vieillard, qui prit d'abord le large.
— Et que m'importe donc, dit l'Âne, à qui je sois ?
Sauvez-vous, et me laissez paître.
Notre ennemi, c'est notre maître :
Je vous le dis en bon françois[1]. »

IX

LE CERF SE VOYANT DANS L'EAU
[Ésope]

Dans le cristal d'une fontaine
Un Cerf se mirant autrefois
Louait la beauté de son bois,
Et ne pouvait qu'avecque peine
Souffrir ses jambes de fuseaux,
Dont il voyait l'objet se perdre dans les eaux.
« Quelle proportion de mes pieds à ma tête ?
Disait-il en voyant leur ombre avec douleur :
Des taillis les plus hauts mon front atteint le faîte ;
Mes pieds ne me font point d'honneur. ».
Tout en parlant de la sorte
Un limier[2] le fait partir.
Il tâche à se garantir ;
Dans les forêts il s'emporte.
Son bois, dommageable ornement,
L'arrêtant à chaque moment,
Nuit à l'office que lui rendent
Ses pieds, de quoi ses jours dépendent.
Il se dédit alors, et maudit les présents
Que le Ciel lui fait tous les ans.

1. Français.
2. Grand chien de chasse qui quête et détourne le gibier.

Nous faisons cas du beau, nous méprisons l'utile ;
Et le beau souvent nous détruit.
Ce Cerf blâme ses pieds, qui le rendent agile ;
Il estime un bois qui lui nuit.

X

LE LIÈVRE ET LA TORTUE
[Ésope]

Rien ne sert de courir ; il faut partir à point :
Le Lièvre et la Tortue en sont un témoignage.
« Gageons, dit celle-ci, que vous n'atteindrez point
Sitôt que moi ce but. – Sitôt ? Êtes-vous sage ?
Repartit l'animal léger :
Ma commère, il vous faut purger
Avec quatre grains d'ellébore[1].
— Sage ou non, je parie encore. »
Ainsi fut fait ; et de tous deux
On mit près du but les enjeux :
Savoir quoi, ce n'est pas l'affaire,
Ni de quel juge l'on convint.
Notre lièvre n'avait que quatre pas à faire,
J'entends de ceux qu'il fait lorsque, prêt d'être atteint,
Il s'éloigne des chiens, les renvoie aux calendes[2],
Et leur fait arpenter les landes.
Ayant, dis-je, du temps de reste pour brouter,
Pour dormir, et pour écouter
D'où vient le vent, il laisse la Tortue

1. Plante médicinale passant pour soigner la folie.
2. Renvoyer aux calendes (grecques) : reporter à une date qui ne viendra jamais puisque les Calendes, jour du calendrier romain, n'existent pas en Grèce.

Aller son train de sénateur[1].
Elle part, elle s'évertue,
Elle se hâte avec lenteur.
Lui cependant méprise une telle victoire,
Tient la gageure à peu de gloire,
Croit qu'il y va de son honneur
De partir tard. Il broute, il se repose,
Il s'amuse à toute autre chose
Qu'à la gageure. À la fin, quand il vit
Que l'autre touchait presque au bout de la carrière,
Il partit comme un trait ; mais les élans qu'il fit
Furent vains : la Tortue arriva la première.
« Eh bien ! lui cria-t-elle, avais-je pas raison ?
De quoi vous sert votre vitesse ?
Moi l'emporter ! et que serait-ce
Si vous portiez une maison ? »

XI

L'ÂNE ET SES MAÎTRES
[Ésope]

L'Âne d'un Jardinier se plaignait au Destin
De ce qu'on le faisait lever devant l'aurore.
« Les coqs, lui disait-il, ont beau chanter matin,
Je suis plus matineux encore.
Et pourquoi ? pour porter des herbes au marché :
Belle nécessité d'interrompre mon somme ! »
Le Sort, de sa plainte touché,
Lui donne un autre maître, et l'animal de somme

1. Les sénateurs romains, gens âgés et respectables, se déplaçaient avec solennité et lenteur.

Passe du Jardinier aux mains d'un Corroyeur[1].
La pesanteur des peaux et leur mauvaise odeur
Eurent bientôt choqué l'impertinente bête.
« J'ai regret, disait-il, à mon premier seigneur :
Encor, quand il tournait la tête,
J'attrapais, s'il m'en souvient bien,
Quelque morceau de chou qui ne me coûtait rien ;
Mais ici point d'aubaine ; ou, si j'en ai quelqu'une,
C'est de coups. » Il obtint changement de fortune,
Et sur l'état[2] d'un Charbonnier[3]
Il fut couché tout le dernier.
Autre plainte. « Quoi donc ? dit le Sort en colère,
Ce baudet-ci m'occupe autant
Que cent monarques pourraient faire.
Croit-il être le seul qui ne soit pas content ?
N'ai-je en l'esprit que son affaire ? »
Le Sort avait raison. Tous gens sont ainsi faits :
Notre condition jamais ne nous contente ;
La pire est toujours la présente ;
Nous fatiguons le Ciel à force de placets[4].
Qu'à chacun Jupiter accorde sa requête,
Nous lui romprons encor la tête.

XII

LE SOLEIL ET LES GRENOUILLES
[Ésope]

Aux noces d'un tyran tout le peuple en liesse
Noyait son souci dans les pots.

1. Artisan qui prépare les cuirs, travail peu estimé en raison des odeurs fortes.
2. Liste des employés.
3. Homme qui préparait le charbon de bois, travail salissant.
4. Petits mots donnés au roi pour demander une faveur.

Ésope seul trouvait que les gens étaient sots
De témoigner tant d'allégresse.
« Le Soleil, disait-il, eut dessein autrefois
De songer à l'hyménée[1].
Aussitôt on ouït, d'une commune voix,
Se plaindre de leur destinée
Les citoyennes des étangs.
« Que ferons-nous, s'il lui vient des enfants ?
« Dirent-elles au Sort : un seul Soleil à peine
« Se peut souffrir ; une demi-douzaine
« Mettra la mer à sec et tous ses habitants.
« Adieu joncs et marais : notre race est détruite ;
« Bientôt on la verra réduite
« À l'eau du Styx*. » Pour un pauvre animal,
Grenouilles, à mon sens, ne raisonnaient pas mal.

XIII

LE VILLAGEOIS ET LE SERPENT

Ésope conte qu'un Manant,
Charitable autant que peu sage,
Un jour d'hiver se promenant
À l'entour de son héritage,
Aperçut un Serpent sur la neige étendu,
Transi, gelé, perclus, immobile rendu,
N'ayant pas à vivre un quart d'heure.
Le villageois le prend, l'emporte en sa demeure ;
Et, sans considérer quel sera le loyer
D'une action de ce mérite,
Il l'étend le long du foyer,
Le réchauffe, le ressuscite.
L'animal engourdi sent à peine le chaud,

1. Mariage.

Que l'âme lui revient avecque la colère ;
Il lève un peu la tête, et puis siffle aussitôt ;
Puis fait un long repli, puis tâche à faire un saut
Contre son bienfaiteur, son sauveur, et son père.
« Ingrat, dit le Manant, voilà donc mon salaire !
Tu mourras ! » À ces mots, plein d'un juste courroux,
Il vous prend sa cognée, il vous tranche la bête ;
Il fait trois serpents de deux coups,
Un tronçon, la queue, et la tête.
L'insecte[1] sautillant cherche à se réunir,
Mais il ne put y parvenir.
Il est bon d'être charitable :
Mais envers qui ? c'est là le point.
Quant aux ingrats, il n'en est point
Qui ne meure enfin misérable.

XIV

LE LION MALADE ET LE RENARD
[Ésope]

De par le roi des animaux,
Qui dans son antre était malade,
Fut fait savoir à ses vassaux
Que chaque espèce en ambassade
Envoyât gens le visiter,
Sous promesse de bien traiter
Les députés, eux et leur suite,
Foi de Lion, très bien écrite,
Bon passe-port contre la dent,
Contre la griffe tout autant.
L'édit du Prince s'exécute :

1. Désigne au XVIIe siècle une bête qui survit même si on en coupe un morceau, comme le lézard.

De chaque espèce on lui député.
Les Renards gardant la maison,
Un d'eux en dit cette raison :
« Les pas empreints sur la poussière
Par ceux qui s'en vont faire au malade leur cour,
Tous, sans exception, regardent[1] sa tanière ;
Pas un ne marque de retour :
Cela nous met en méfiance.
Que Sa Majesté nous dispense.
Grand merci de son passe-port ;
Je le crois bon ; mais dans cet antre
Je vois fort bien comme l'on entre,
Et ne vois pas comme on en sort. »

XV

L'OISELEUR, L'AUTOUR ET L'ALOUETTE

Les injustices des pervers
Servent souvent d'excuse aux nôtres.
Telle est la loi de l'univers :
Si tu veux qu'on t'épargne, épargne aussi les autres.

Un Manant au miroir[2] prenait des oisillons.
Le fantôme brillant attire une Alouette :
Aussitôt un Autour, planant sur les sillons,
Descend des airs, fond, et se jette
Sur celle qui chantait, quoique près du tombeau.
Elle avait évité la perfide machine,
Lorsque, se rencontrant sous la main de l'oiseau,

1. Sont tournés en direction de sa tanière.
2. Planchette mobile, couverte de petits miroirs, qu'on fait tourner pour que l'éclat attire les alouettes.

Elle sent son ongle maline[1].
Pendant qu'à la plumer l'Autour est occupé,
Lui-même sous les rets demeure enveloppé :
« Oiseleur, laisse-moi, dit-il en son langage ;
Je ne t'ai jamais fait de mal. »
L'Oiseleur repartit : « Ce petit animal
T'en avait-il fait davantage ? »

XVI

LE CHEVAL ET L'ÂNE
[Ésope]

En ce monde il se faut l'un l'autre secourir :
Si ton voisin vient à mourir,
C'est sur toi que le fardeau tombe.
Un Âne accompagnait un Cheval peu courtois,
Celui-ci ne portant que son simple harnois,
Et le pauvre Baudet si chargé, qu'il succombe.
Il pria le Cheval de l'aider quelque peu :
Autrement il mourrait devant qu'être à la ville.
« La prière, dit-il, n'en est pas incivile :
Moitié de ce fardeau ne vous sera que jeu. »
Le Cheval refusa, fit une pétarade[2] :
Tant qu'il vit sous le faix mourir son camarade,
Et reconnut qu'il avait tort.
Du Baudet, en cette aventure,
On lui fit porter la voiture[3],
Et la peau par-dessus encor.

1. Orthographe de « maligne » pour la rime à l'œil avec « machine ».
2. Suite de pets sonores.
3. La charge (habituellement celle que porte une charrette).

XVII

LE CHIEN QUI LÂCHE SA PROIE POUR L'OMBRE

[Ésope]

Chacun se trompe ici-bas :
On voit courir après l'ombre
Tant de fous, qu'on n'en sait pas
La plupart du temps le nombre.
Au Chien dont parle Ésope il faut les renvoyer.
Ce Chien, voyant sa proie en l'eau représentée,
La quitta pour l'image, et pensa se noyer.
La rivière devint tout d'un coup agitée ;
À toute peine il regagna les bords,
Et n'eut ni l'ombre ni le corps.

XVIII

LE CHARTIER EMBOURBÉ

[Ésope]

Le Phaéton* d'une voiture à foin
Vit son char embourbé. Le pauvre homme était loin
De tout humain secours : c'était à la campagne,
Près d'un certain canton de la basse Bretagne,
Appelé Quimper-Corentin.
On sait assez que le Destin
Adresse là les gens quand il veut qu'on enrage :
Dieu nous préserve du voyage !
Pour venir au Chartier[1] embourbé dans ces lieux,
Le voilà qui déteste[2] et jure de son mieux,
Pestant, en sa fureur extrême,

1. Charretier.
2. Lance des imprécations.

Tantôt contre les trous, puis contre ses chevaux,
Contre son char, contre lui-même.
Il invoque à la fin le dieu dont les travaux
Sont si célèbres dans le monde :
« Hercule, lui dit-il, aide-moi. Si ton dos
A porté la machine ronde,
Ton bras peut me tirer d'ici. »
Sa prière étant faite, il entend dans la nue
Une voix qui lui parle ainsi :
« Hercule veut qu'on se remue ;
Puis il aide les gens. Regarde d'où provient
L'achoppement qui te retient ;
Ôte d'autour de chaque roue
Ce malheureux mortier, cette maudite boue
Qui jusqu'à l'essieu les enduit ;
Prends ton pic et me romps ce caillou qui te nuit ;
Comble-moi cette ornière. As-tu fait ? – Oui, dit [l'homme.
— Or bien je vas t'aider, dit la voix. Prends ton fouet.
— Je l'ai pris. Qu'est ceci ? mon char marche à souhait :
Hercule en soit loué ! » Lors la voix : « Tu vois comme
Tes chevaux aisément se sont tirés de là.
Aide-toi, le Ciel t'aidera. »

XIX

LE CHARLATAN

Le monde n'a jamais manqué de charlatans[1] :
Cette science, de tout temps,

1. Faux médecins qui vendent sur les foires des remèdes prétendus miraculeux ; par extension tous les escrocs, comme celui qui prétend ci-dessous évoquer les morts (« en théâtre affronte l'Achéron »).

Fut en professeurs très fertile.
Tantôt l'un en théâtre affronte l'Achéron*,
Et l'autre affiche par la ville
Qu'il est un passe-Cicéron*.

Un des derniers se vantait d'être
En éloquence si grand Maître,
Qu'il rendrait disert un badaud,
Un manant, un rustre, un lourdaud ;
« Oui, Messieurs, un lourdaud, un animal, un âne :
Que l'on m'amène un âne, un âne renforcé,
Je le rendrai maître passé,
Et veux qu'il porte la soutane[1]. »
Le Prince sut la chose ; il manda le Rhéteur.
« J'ai, dit-il, en mon écurie
Un fort beau roussin[2] d'Arcadie* ;
J'en voudrais faire un orateur.
— Sire, vous pouvez tout » reprit d'abord notre
[homme.
On lui donna certaine somme :
Il devait au bout de dix ans
Mettre son âne sur les bancs ;
Sinon, il consentait d'être, en place publique,
Guindé la hart au col[3], étranglé court et net,
Ayant au dos sa rhétorique,
Et les oreilles d'un baudet.
Quelqu'un des courtisans lui dit qu'à la potence
Il voulait l'aller voir, et que, pour un pendu,
Il aurait bonne grâce et beaucoup de prestance ;
Surtout qu'il se souvînt de faire à l'assistance
Un discours où son art fût au long étendu,

1. Habit long porté au XVIIe siècle par le clergé, les gens de justice et les médecins.

2. Âne.

3. Suspendu la corde au cou.

Un discours pathétique, et dont le formulaire
Servît à certains Cicérons
Vulgairement nommés larrons.
L'autre reprit : « Avant l'affaire,
Le Roi, l'Âne, ou moi, nous mourrons. »

Il avait raison. C'est folie
De compter sur dix ans de vie.
Soyons bien buvants, bien mangeants :
Nous devons à la mort de trois l'un[1] en dix ans.

XX

LA DISCORDE

La déesse Discorde* ayant brouillé les Dieux
Et fait un grand procès là-haut pour une pomme,
On la fit déloger des Cieux.
Chez l'animal qu'on appelle homme
On la reçut à bras ouverts,
Elle et Que-si-Que-non, son frère,
Avecque Tien-et-Mien, son père.
Elle nous fit l'honneur en ce bas univers
De préférer notre hémisphère
À celui des mortels qui nous sont opposés,
Gens grossiers, peu civilisés,
Et qui, se mariant sans prêtre et sans notaire,
De la Discorde n'ont que faire.
Pour la faire trouver aux lieux où le besoin
Demandait qu'elle fût présente,
La Renommée avait le soin
De l'avertir ; et l'autre, diligente,

1. Un tiers, une personne sur trois.

Courait vite aux débats et prévenait[1] la Paix,
Faisait d'une étincelle un feu long à s'éteindre.
La Renommée enfin commença de se plaindre
Que l'on ne lui trouvait jamais
De demeure fixe et certaine ;
Bien souvent l'on perdait, à la chercher, sa peine :
Il fallait donc qu'elle eût un séjour affecté,
Un séjour d'où l'on pût en toutes les familles
L'envoyer à jour arrêté.
Comme il n'était alors aucun couvent de filles,
On y trouva difficulté.
L'auberge enfin de l'Hyménée
Lui fut pour maison assignée.

XXI

LA JEUNE VEUVE

La perte d'un époux ne va point sans soupirs ;
On fait beaucoup de bruit ; et puis on se console :
Sur les ailes du Temps la tristesse s'envole,
Le Temps ramène les plaisirs.
Entre la veuve d'une année
Et la veuve d'une journée
La différence est grande ; on ne croirait jamais
Que ce fût la même personne :
L'une fait fuir les gens, et l'autre a mille attraits.
Aux soupirs vrais ou faux celle-là s'abandonne ;
C'est toujours même note et pareil entretien ;
On dit qu'on est inconsolable ;
On le dit, mais il n'en est rien,

1. Arrivait la première sur les lieux pour empêcher la paix de se faire.

Comme on verra par cette fable,
Ou plutôt par la vérité.

L'époux d'une jeune beauté
Partait pour l'autre monde. À ses côtés, sa femme
Lui criait : « Attends-moi, je te suis ; et mon âme,
Aussi bien que la tienne, est prête à s'envoler. »
Le mari fait seul le voyage.
La belle avait un père, homme prudent et sage ;
Il laissa le torrent couler.
À la fin, pour la consoler :
« Ma fille, lui dit-il, c'est trop verser de larmes :
Qu'a besoin le défunt que vous noyiez vos charmes ?
Puisqu'il est des vivants, ne songez plus aux morts.
Je ne dis pas que tout à l'heure
Une condition meilleure
Change en des noces ces transports ;
Mais, après certain temps, souffrez qu'on vous propose
Un époux beau, bien fait, jeune, et tout autre chose
Que le défunt. – Ah ! dit-elle aussitôt,
Un cloître est l'époux qu'il me faut. »
Le père lui laissa digérer sa disgrâce[1].
Un mois de la sorte se passe.
L'autre mois, on l'emploie à changer tous les jours
Quelque chose à l'habit, au linge, à la coiffure :
Le deuil enfin sert de parure,
En attendant d'autres atours.
Toute la bande des Amours
Revient au colombier ; les jeux, les ris, la danse,
Ont aussi leur tour à la fin.
On se plonge soir et matin
Dans la fontaine de Jouvence.
Le père ne craint plus ce défunt tant chéri ;

1. Son malheur.

Mais comme il ne parlait de rien à notre belle :
« Où donc est le jeune mari
Que vous m'avez promis ? » dit-elle.

ÉPILOGUE

Bornons ici cette carrière :
Les longs ouvrages me font peur.
Loin d'épuiser une matière,
On n'en doit prendre que la fleur.
Il s'en va temps[1] que je reprenne
Un peu de forces et d'haleine
Pour fournir à d'autres projets.
Amour, ce tyran de ma vie,
Veut que je change de sujets :
Il faut contenter son envie.
Retournons à Psyché[2]*. Damon, vous m'exhortez
À peindre ses malheurs et ses félicités :
J'y consens ; peut-être ma veine
En sa faveur s'échauffera.
Heureux si ce travail est la dernière peine
Que son époux me causera !

1. Il est temps que.
2. La Fontaine publie, l'année suivante, en 1669, un poème *Les Amours de Psyché et Cupidon*. D'où l'allusion finale à cet Amour, époux de Psyché.

TABLE ALPHABÉTIQUE DES FABLES

Impression réalisée par

CPI
Brodard & Taupin

53050 – La Flèche (Sarthe), le 18-05-2009
Dépôt légal : mai 2009

POCKET – 12, avenue d'Italie - 75627 Paris cedex 13

Imprimé en France